SCHERZ KRIMI

Von Ursula Curtiss sind lieferbar:

Alles Böse zum Geburtstag
Das unheimliche Grauen
Narkose
Stimme aus dem Dunkel
Sturz in die Vergangenheit

URSULA CURTISS

Die lächelnde Maske

ROMAN

SCHERZ

Einzig berechtigte Übertragung aus dem Amerikanischen
Titel des Originals: »The Face of the Tiger«
Umschlaggestaltung: Adolf Bachmann
Umschlagbild: Johann Brandstetter, Neuötting

3. Auflage 1997, ISBN 3-502-51595-6

Gesamtherstellung: Ebner Ulm

1

Das erste blasse Sonnenlicht fiel sanft auf das Blumenbeet, das wie ein leuchtendes Medaillon im kurzgeschorenen Gras lag. Max ging mit raschen Schritten, einen schweren Schlüsselbund an der Seite, auf das langgestreckte, von Terrassen umgebene weiße Gebäude zu, das hinter der geschwungenen Auffahrt lag. Der Tag im Coastline Club hatte offiziell begonnen.

So früh es auch war, das Küchenpersonal war Max um eine Stunde zuvorgekommen. Wenn sie ihr Quartier in dem großen, dunkelgrün gestrichenen Nebengebäude verließen, gingen sie einfach quer über den Golfplatz, was Major Soames' Anordnungen ganz und gar widersprach. Doch der Major war seit seinen Wiegentagen nicht mehr um sechs Uhr wach gewesen, und von Max McIntosh – Bote und Faktotum für alles – hatten sie nichts zu befürchten. Max, der sich für die rechte Hand von Major Soames hielt, schnauzte sie wohl hin und wieder an, aber das war nur Gewohnheit, ebenso wie seine strenge, sorgenvolle Miene und sein schneller Gang.

In der Küche herrschte emsige Geschäftigkeit, ganz abgesehen von den üblichen Frühstücksvorbereitungen. Ein großer Frauenclub hatte sich nämlich zum Lunch angesagt, und die Gemüseputzer waren bereits dabei, die Karotten und Rettiche comme il faut zurechtzustutzen. Sie würdigten den langen Mitteltisch, an dem die Fleischspezialisten arbeiteten, keines Blickes, und die Fleischspezialisten hätten sich lieber umgebracht, als auch nur eine einzige Kartoffel zu schälen.

Albert, der Küchenchef, nahm Max' Eintritt wahr, ohne zur Tür zu blicken, und ohne sich umzusehen, langte er nach einer riesigen Kaffeekanne, goß eine Tasse ein und stellte sie mit einem kleinen Krach auf den Tisch, an dem das Küchenpersonal aß. Max nahm sie, trug sie zu dem kleinen Tisch, an dem der Küchenchef vor den anderen gefrühstückt hatte, und setzte sie dort ebenso geräuschvoll ab. Es war keineswegs so, daß einer gegen den anderen einen besonderen Groll hegte. Es machte Albert einfach nur Spaß, Max jeden Tag ein wenig zu reizen. Aber Albert mit seinem langen, düsteren Gesicht und dem einen, wild rollenden Auge war ja auch, das wußte jeder,

etwas verrückt – nur dann nicht, erklärte Major Soames grollend, wenn es um sein rückständiges Gehalt ging.
Das Telefon läutete. Max, der am nächsten saß, nahm den Hörer von der Gabel und nickte dann einem Kellner zu, der hastig begann, das Frühstück für den Major auf einem Tablett zusammenzustellen: Honigmelone, Zweiminutenei im Eierbecher, geröstetes Vollweizenbrot mit Erdbeermarmelade aus dem Privatvorrat des Majors und eine Kanne Kaffee. Die Stimme des Majors hatte unwirsch geklungen. Das mochte einfach nur daher rühren, daß er so früh wach war, konnte aber auch mehr bedeuten. Max inspizierte das fertige Tablett mit kritischem Blick und erklärte, er werde es selbst hinauftragen.

Das Clubhaus, in dem um acht Uhr morgens noch die schattige Kühle der Nacht herrschte, erwachte allmählich zum Leben: in der Telefonzentrale, auf den Treppen, im Speisesaal. Lou Fabian, die hier seit zwei Wochen als Hilfssekretärin arbeitete, kam sich in dieser merkwürdig außerdienstlichen Atmosphäre von Blumen, die niemand beachtete, Sesseln, in denen keiner saß, und unbenutzten Aschenbechern so vor, als sei sie in einem Landhaus als erster Gast erschienen. Dann flammte das erste kleine, orangefarbige Licht am Schaltbrett auf: Mrs. Damon von Haus elf wünschte mit dem Wäsche- und Windeldienst zu sprechen. Etwas später ließ sich eine verschlafene Stimme auf der Treppe vernehmen: »Ich hab dir ja gesagt, du hast gestern zuviel Sonne abbekommen; du müßtest dich mal sehen!« Und eine amüsierte Stimme antwortete: »Mich? Sieh *dich* mal an!«
Lou, die keinen der beiden Sprecher sehen konnte, rückte mit ihrem Stuhl vom Schaltbrett ab, nahm Papier und Kohlebogen aus der untersten Schreibtischschublade und begann, die erforderlichen vierundzwanzig Tageskarten für Lunch und Dinner zu tippen. Gleich darauf wurde sie erneut unterbrochen. Diesmal war es Mrs. Giffort von Haus sechs.
Mrs. Giffords Stimme ergoß sich in einem so beleidigten Wortschwall aus dem Hörer, daß Lou den ersten Teil der Beschwerde überhaupt nicht mitbekam. Sie schloß mit dem energischen Verlangen nach einem Heizofen, und zwar sofort:

»Morgens ist es kühl, Miss Fabian, besonders hier unter den Tannen. Und feucht, und wie Sie wissen, ist meine Tochter sehr empfindlich.«
So empfindlich wie ein Wasserbüffel, dachte Lou im stillen. Laut sagte sie: »Ich verstehe, Mrs. Gifford; ich werde es Max sagen, sobald er hereinkommt, und wenn –«
»Es handelt sich hier nicht um *wenn*«, unterbrach Mrs. Gifford in drohendem Ton, »sondern um *wann*. Ich weiß, Major Soames ist ein vielbeschäftigter Mann, und ich möchte ihn nicht gern persönlich wegen eines Heizofens belästigen, aber ich muß an die Gesundheit meines Kindes denken. Das müssen Sie doch verstehen, Miss Fabian. Wenn es sich um mich selbst handelte –«
Für sich selbst, dachte Lou, würde Mrs. Gifford mindestens einen Ölofen verlangen. Sie gab die entsprechenden Zusagen – Versprechen wurden im Coastline Club immer bereitwilligst gegeben – und legte auf.
Obwohl sie erst zwei Wochen hier war, hatte sie schon gelernt, daß Mrs. Gifford zu den Gästen zählte, ohne die kein Erholungsort je vollständig ist und in deren Augen nichts ganz so funktioniert, wie es sein sollte. Es würde ihr stets zu heiß oder zu kalt sein – wenn sie keinen Heizofen angefordert hätte, so wäre es ein Ventilator gewesen –, und es würden niemals genügend Handtücher vorhanden sein, um ihren Ansprüchen gerecht zu werden. Sie würde auf Änderung in der Ausstattung des Häuschens bestehen und eines der Mädchen beschuldigen, ein Schmuckstück entwendet zu haben, das sich dann nach heftigen Vorwürfen einerseits und Tränen andererseits an einer Stelle wiederfinden würde, wohin sie es selbst aus Versehen gelegt hatte.
Lou hatte schon früh die Bekanntschaft von Mrs. Gifford gemacht, als Miss Patton, die Sekretärin des Majors und Unterbefehlshaberin im Club, sie bat, Mrs. Gifford vom Zug abzuholen. »Wie Sie sie erkennen sollen?« meinte Miss Patton. »Ganz einfach. An ihrem alten, mottenzerfressenen Nerzmantel und an ihrem frisch aufgelegten giftigen Lächeln. Außerdem hat sie ein Riesenkind bei sich. Aber wir lieben sie«, fuhr Miss Patton lebhaft fort, »weil ihr Gatte der Ventil-Gifford ist.«

Lou schrieb ein Memo wegen des Heizofens und legte es in den Drahtkorb auf ihrem Schreibtisch. Ohne diesen kleinen Korb hätte der Coastline Club nicht funktionieren können. Er enthielt die Autoschlüssel, Mitteilungen von Miss Patton und Lou an Max über Dinge, die sofort erledigt werden mußten, und gelegentlich scharfe Erwiderungen von Max. Irgendwie wurde alles oder fast alles in Ordnung gebracht, und wenn der Coastline Club im Grunde nur noch mit Bindfäden zusammengehalten wurde, so war das den Mitgliedern und Gästen bisher noch nicht aufgefallen.
Hühnerragout, Eier à la Benedikt, paniertes Kalbskotelett; der Stapel von Speisekarten neben Lous Schreibmaschine wuchs. Die Frühstücksgeräusche, die aus dem entlegenen Speisesaal zu ihr drangen, wurden allmählich schwächer. Im tiefen, kühlen Foyer bildeten sich einzelne Gruppen und lösten sich wieder auf. Ein Golfquartett brach auf, zwei Frauen in Shorts und mit Sonnenbrillen auf der Nase schlenderten in den riesigen Gesellschaftsraum gegenüber dem Büro und wieder hinaus. Augenscheinlich warteten sie auf jemanden, und Brocken ihrer Unterhaltung übertönten das Geklapper der Schreibmaschine. »Fett? Meine Liebe, ein wandelnder Ballen.« – »Macht sie denn keine Schlankheitskur?« – »Na, sie behauptet ja, sie lebe nur von Pampelmusen. Aber da muß sie wohl die Früchte ganz verschlingen.«
Und dann auf einmal sprachen sie von Dana Mallory, Mrs. John Mallory, mit jener ernsthaften Bewunderung, die gewöhnlich dazu dient, eine gewisse Bosheit zu bemänteln. Lou lauschte ohne jedes Schamgefühl; denn Mrs. Mallory war es, die ihr den Posten hier verschafft hatte.
»Hast du Dana schon gesehen? Zwei Herzanfälle, und trotzdem sieht sie einfach fabelhaft aus.«
»Dana und John sind ein so wunderbares Paar, findest du nicht auch?«
»So ganz Philemon und Baucis. Wirklich rührend.«
Eine Pause, dann kurzes Lachen. »Wenn du einen Herzanfall hättest, würde Hal die Nächte vielleicht auch zu Hause verbringen.«
»Reizend von dir, daß du dir darüber Gedanken machst. Aber in diesem Jahr können wir es uns unmöglich leisten . . .«

Die beiden Frauen kamen in Lous Blickfeld. Lou spannte einen neuen Bogen ein und begann wieder zu tippen. Sie hatte von Mrs. Mallorys erstem Herzanfall gewußt, weil es in der Zeitung gestanden hatte (»die Erbin von Paige-Keks schwer erkrankt«), und sich gefragt, ob sie wohl Blumen und ein paar Zeilen schicken oder gar anrufen und eine Nachricht hinterlassen sollte. Mrs. Mallory hatte ihr ohne viel Aufhebens die Hand geboten, als sie freundschaftliche Hilfe brauchte, aber andererseits hatten Keks-Erbinnen wahrscheinlich ein ziemlich großes Gefolge, und wer war doch der Zyniker, der Dankbarkeit als Dank für künftige Wohltaten definiert hatte? Mit der Begründung, daß Mrs. Mallory wahrscheinlich gar nicht mehr an sie dachte, hatte Lou letzten Endes gar nichts unternommen.
Mrs. Mallory hatte sie aber nicht vergessen. Erst gestern hatte Lou sie auf dem Fahrweg vor dem Haus getroffen, das die Mallorys für den Sommer gemietet hatten, wo sie in Begleitung einer grauhaarigen Kinderfrau, die einen Kinderwagen schob, langsam unter den Ulmen auf und ab wandelte. Mrs. Mallory war lächelnd stehengeblieben und hatte sie begrüßt: »Hallo, Miss Fabian, wie geht es Ihnen? Haben Sie schon Richards Bekanntschaft gemacht?«
Richard war im Augenblick nicht geneigt, Bekanntschaften zu schließen. Er schlummerte im Wagen unter einer federleichten blauen Wolldecke. Das Aufhören der Bewegung gefiel ihm gar nicht, und sie sahen, wie das winzige, ernsthafte Gesicht unter dem blauen Häubchen sich in klägliche Falten verzog. Dana lächelte ihn an und blickte dann wieder zu Lou empor. »Sobald wir etwas mehr zur Ruhe gekommen sind, müssen Sie« – sie sagte es ganz deutlich und sah Lou dabei mit ihren großen blauen Augen voll ins Gesicht – »uns besuchen und ihn sich anschauen, wenn er wach ist.«
Eine der wartenden Frauen im Foyer rief ungeduldig: »Wo in aller Welt . . .«, und drehte den Kopf. »Oh, da kommt sie ja. Habe ich dir übrigens erzählt, daß ich eine Karte von Maude Heffernan bekommen habe? Sie und Ihr Mann sind in Barbados.«
Eier à la Barbados, schrieb Lou blindlings. Dann schloß sie fest die Augen, öffnete sie wieder und blickte durch die Fenster

auf die sonnenbeschienene Terrasse mit dem üppigen Rand blasser Petunien. Vergeblich. Fenster und Sonnenlicht und still gewordene Schreibmaschine spielten ihr einen grausamen Streich. Unter den breiten, hauchdünnen Silberreifen spürte sie einen brennenden Schmerz in den Handgelenken ... Narben können doch nach einem Jahr nicht mehr schmerzen ...

Sie zitterte vor Erregung; wenn auch die Gäste inzwischen durch die Glastüren des Foyers hinausgegangen waren, so mußte sie doch ihre innere Stille ausfüllen. Mechanisch hoben und senkten sich ihre Finger und schrieben mit schnellem, methodischem Geklapper eine Schreibmaschinenübung. Über dem Lärm ertönte zum zweitenmal die geduldige Frage: »Ist Post da für Ingalls?«

Wie lange mochte er wohl schon so dagestanden und sie beobachtet haben? Da ihre Gedanken noch in der Vergangenheit weilten, vergaß Lou, daß sie auf dem Präsentierteller saß, und ihr kühler, instinktiver Groll half ihr. Sie warf dem Fragesteller einen kurzen Blick zu und sagte forsch: »Einen Augenblick, Mr. Ingalls, ich will einmal nachsehen.« Mit diesen Worten ging sie zu den Fächern, die reihenweise an der Innenseite des Empfangs angebracht waren.

Unter »I« war nichts vorhanden. Als sie es ihm sagte, merkte sie, daß er sie geistesabwesend und verdutzt musterte. Sein Blick glitt kurz zu ihren Händen herab und wieder nach oben. »Da ich schon mal hier bin, könnte ich gleich die Post für Mallory mitnehmen.«

Lou zögerte. Der Mann sagte beruhigend: »Das geht in Ordnung. Ich bin ein Vetter von Mrs. Mallory und wohne in ihrem Hause.« Er nickte auffordernd zum Schaltbrett hinüber. »Rufen Sie doch rasch an.«

Lou kam sich lächerlich vor, was er anscheinend bezweckt hatte. Es waren zwei Briefe für die Mallorys da, die sie ihm schweigend aushändigte. Ingalls bedankte sich und ging, immer noch ein wenig verblüfft, hinaus. Lou hatte das Gefühl, er hätte sich am liebsten umgedreht und sie über die Schulter hinweg angestarrt.

Aber dieses kleine Intermezzo hatte geholfen. Lou ging zu ihrer Schreibmaschine zurück, riß die verunglückte Speisekarte heraus und spannte einen neuen Bogen ein. Ein beiläufiger Blick überzeugte sie, daß die Fenster zur Terrasse harmlos waren. Der Sonnenschein und die Blumen waren Sonnenschein und Blumen, die zu Connecticut gehörten. Das Schaltbrett wurde allmählich lebendig – wie immer vor dem Lunch. Da es für sie noch ungewohnt war, mehrere Telefonate gleichzeitig zu bewältigen, stöpselte sie oft falsch und hörte dauernd abgerissene Unterhaltungsfetzen: Jemand erkundigte sich nach »Jüngelchen«; eine andere Stimme fragte in schwachem Tonfall: »Aber was hat denn George nur in den Punsch getan?«

Bis fünf Minuten vor elf schwirrten die Stimmen durch ihren Kopf. Lou wußte, daß Major Soames und Miss Patton gewöhnlich um elf Uhr ins Büro kamen und daß der Major unordentliche Schreibtischplatten nicht ausstehen konnte. Weder bei ihm noch bei Miss Patton lag irgend etwas herum; ihre Tische waren leer und glänzend. Lou fegte Bleistifte und Memoblocks in die mittlere Schublade, stapelte die Speisekarten sauber aufeinander und leerte ihren Aschenbecher. Sie war gerade bemüht, das richtige Verhältnis zwischen Ordnung und anscheinender Untätigkeit herzustellen, als der Schaltkasten ratterte.

Das orangefarbige Licht war in der obersten Reihe aufgeflammt. Das bedeutete Küche oder eines der Nebengebäude: Gesindequartier oder Golfladen oder die Schrankräume. Lou stöpselte und sagte »Hallo«, während ihre freie Hand mit den Büroklammern spielte.

Ein Flüstern drang an ihr Ohr: »Ich weiß, wer Sie sind, Miss *Fabian*. Weiß es aber Major Soames?« Und dann wurde der Hörer mit einem sehr sanften Knacken aufgelegt.

2

Das rosa Haus, die einzige Unterkunft des Clubs, die geräumiger war als eine Hütte, stand auf einem Hügel zwischen den geschweiften Armen des großen Y, das der Fahrweg bildete, der zu den Gästehäuschen und schließlich zum Clubhaus führte. Vor dem Haus führten Steinstufen die schräge Böschung hinauf, und hinter dem Haus hatte man einige Bäume gefällt und einen kleinen Rasen angelegt. Im übrigen war das Anwesen von Tannen und Buchen umgeben. Von den mit schwarzen Läden versehenen Fenstern des oberen Stockwerks hatte man hier und da einen Blick auf den Sund, und der Mietpreis, den das Haus einbrachte, glich eher einem Lösegeld.

Ingalls kehrte ohne besondere Eile dahin zurück. Seine Gedanken kreisten um das Mädchen im Büro. Ihre schwarzweiße Klarheit erinnerte ihn an eine leicht hingeworfene Kohlezeichnung – mit Ausnahme ihrer Augen, die so lebhaft gefärbt waren, daß sie unwillkürlich den Blick auf sich zogen, wenn sie die Wimpern hob. Irgendwo hatte er sie schon einmal gesehen, aber diese Augen versetzten ihm geradezu einen Schock. War es ein Zeitungsbild gewesen? . . . Ingalls versuchte, sich die Sache aus dem Kopf zu schlagen, wußte aber, daß sie ihm keine Ruhe lassen würde. Er war ein Mann, der zufälligen Ideen oft gegen seinen Willen nachging, und diese fast siebenunddreißigjährige Gewohnheit hatte seinem Gesicht jenen gewissen verantwortungsvollen Zug verliehen, der seine Kusine Dana einst zu der boshaften Bemerkung veranlaßt hatte, er sehe aus wie der Mann, der immer dazu ausersehen werde, die Kastanien aus dem Feuer zu holen.

Er begegnete einer älteren Frau in dunkelgrüner Seide, die einem Buddha glich und ihm liebenswürdig guten Morgen wünschte. Begleitet wurde sie von einer ängstlich dreinblickenden Frau, der man die typische Gesellschafterin auf drei Kilometer Entfernung ansah. Ein paar Schritte weiter stolzierte ein etwa dreizehnjähriges Mädchen aus dem Wald, unterzog ihn einer kalten, eingehenden Musterung und ging auf eines der Gästehäuser zu. Ingalls grinste ein wenig; nach Danas Beschreibung mußte es Ruth Ann Gifford sein.

Das war einer der Gründe, warum er Landclubs nicht besonders schätzte: Leute wie die Giffords, gelangweilt, launenhaft, die offensichtlich glaubten, Arroganz an den Tag legen zu müssen. Dazu kam die Atmosphäre einer bewußten Blasiertheit, einer zur Schau getragenen Gleichgültigkeit, als ob nicht von allen Beteiligten Riesensummen gezahlt würden. Aber er

hatte ja auch nicht erwartet, daß es ihm gefallen würde; er war hier, um eine Gewissensschuld abzutragen.
Er hatte nämlich dem Telegramm, das ihm Dana vor drei Monaten sandte, keinen Glauben geschenkt: »Hatte einen Herzanfall. Komm sofort.« Er war nur ein Vetter dritten Grades, aber sie waren in der Jugend viel zusammengewesen, und als Erwachsener war er von Dana mit Telegrammen, Telefonaten und Kabeln förmlich bombardiert worden. Sie liebte Aufregungen, Dramatisierungen und Übertreibungen. Jede Erkältung war eine Lungenentzündung, eine deprimierte Stimmung wurde zu einem Nervenzusammenbruch. Leute, die sie nicht leiden mochte, waren Ungeheuer, und Leute, für die sie eine Vorliebe hatte, wurden den Menschen ihrer Umgebung immer wieder unbarmherzig aufgedrängt. Den wenigen ruhigen Personen in ihrem Bekanntenkreis schrieb sie verborgene Spannungen zu, und wenn alles andere versagte, nahm sie sich einer eigentlich von vornherein verlorenen Sache an.
Es herrschte allgemeine Bestürzung, als Dana vor zwei Jahren John Mallory heiratete. Jeder mochte John Mallory gern; man konnte einfach nicht anders. Er war zehn Jahre älter als Dana, und sollte er Sinn für Humor besitzen, so war das ein wohlbehütetes Geheimnis. Aber er war ruhig, gelassen und völlig normal. Allen, die Dana kannten, kam es so vor, als sei ein harmloser Naturfreund in den Käfig einer Tigerin spaziert, während die Wärter mit Stühlen und Peitschen entsetzt danebenstanden.
Nach zwei Jahren ließ sich noch kein endgültiges Urteil fällen, aber bisher war es eine überraschend glückliche Ehe gewesen. Das hatte Ingalls jedenfalls gehört. Eine puritanische Ader hatte ihn davon abgehalten, seine Kusine häufiger aufzusuchen, seitdem er auf ihre Aufforderung hin – und weil das Angebot so gut war, daß man ein Narr gewesen wäre, wenn man es ausgeschlagen hätte – den Posten als Werbeleiter bei Paige-Keks angenommen hatte. Er hatte bei dem Kind, das bald darauf geboren wurde, Pate gestanden und auch einmal ein langes Wochenende in ihrem Haus auf Long Island verbracht. Aber das war schon alles.
Und dann war dieser Unsinn mit dem Herzanfall gekommen.

Wenn es wahr wäre, hatte er damals gedacht, hätte er es wohl schon von John Mallory gehört. Seiner Ansicht nach hatte Dana es wahrscheinlich satt, die würdevolle Ehefrau und Mutter zu spielen, oder vielleicht hatte sie mitten in der Nacht Austern gegessen. Er hatte im Büro gerade viel zu tun und am Abend eine Verabredung, die er einzuhalten wünschte. Und daß er gerade für Dana arbeitete, war auch ein Grund gewesen, warum er erst am nächsten Tag nach Long Island hinausgefahren war.
Da lag sie jedoch schon unterm Sauerstoffzelt und befand sich auf dem besten Weg zum zweiten Herzanfall. Und John Mallory, hastig von einer Inspektionsreise zu ihrer Fabrik in Chicago zurückgerufen, hatte völlig das Gleichgewicht verloren.
John war auch jetzt wieder in Chicago – allerdings nur für vier Tage, aber es konnte ja etwas passieren, und Flugzeuge hatten mitunter Verspätung. Also hatte Dana Ingalls angerufen und einfach gefragt: »Sam, kannst du wohl kommen?«
Und Sam hatte sich in den nächsten Zug gesetzt.
Im Augenblick ging es ihr natürlich besser, aber als er mit ihren Briefen in der Hand die Steinstufen emporstieg, fragte er sich voller Unruhe, *wie viel* besser. Sie lebte immer noch in einer sorgfältig abgeschirmten Welt und hielt ihr Mittagsschläfchen so gewissenhaft, wie sie ihre Medizin nahm. Über ihre Diät erging sie sich in Ausdrücken, die Miss Rockett, die Kinderschwester, erröten ließen, aber sie hielt sich daran. Sie hatte das Rauchen aufgegeben, und selten überschritt sie die bescheidene, ihr zugestandene Alkoholration. Ihre Fügsamkeit beunruhigte Ingalls ganz besonders; ihre Fügsamkeit und ein nach innen gerichteter Blick, den man oft bei werdenden Müttern bemerkte. Er besagte aber nur, daß Dana, ihrer unzuverlässigen Herztätigkeit bewußt, wahrscheinlich die kleine pochende Panik besänftigte, die eben aus diesem Bewußtsein herrührte, und ihrem Herzen versicherte, daß sie ihm keine Extraleistungen zumuten würde.
Sie saß im Wohnzimmer und las, als Ingalls hereinkam. Das dunkle Haar, das sich über der Stirn hoch auftürmte, war glatt und glänzend und ihre Haut von einer leuchtenden Klarheit. Sie war nur drei Jahre jünger als Ingalls, aber eine Schildpatt-

brille, die ihr dauernd auf die Nasenspitze rutschte, verlieh ihr das Aussehen eines Kindes, das so tut, als ob es lese. Ich bin wahrscheinlich derjenige, der sich aufreibt, sagte sich Ingalls, aufgebracht über seine eigene Besorgnis, und reichte ihr die Briefe.
Dana warf einen Blick darauf und schnitt eine Grimasse. »Schönen Dank. Aber die Mühe hat sich nicht gelohnt. Hast du jemand Interessanten getroffen?«
»Die kleine Gifford –«
»Solche Kreaturen bringen die Bermudas in Verruf.«
»– und eine Frau, die so etwas wie eine Gesellschafterin bei sich hatte.«
»Sehr massig und ringsherum mit Glasperlen behangen? Das ist Mrs. Engstrand«, erklärte Dana. »Da kannst du mal sehen, was du verpaßt, wenn du nicht jedes Jahr herkommst. Gar nicht zu reden von all dieser verdammten Salzluft.«
Ingalls schenkte sich eine Tasse Kaffee ein. »Wer ist eigentlich das Mädchen im Büro?«
Sofort lag Spannung in der Luft. »Miss Fabian, glaube ich, ist ihr Name. Attraktiv, nicht wahr?«
»Sehr«, gab Ingalls gelassen zu. »Ich habe sie irgendwo schon einmal gesehen.«
Dana blickte ihn plötzlich scharf an. Mit einer Miene, als erinnere sie sich plötzlich an etwas, sagte sie: »Die Kreidezeichnung, die Massine von mir gemacht hat und die bei mir zu Hause im Wohnzimmer hängt, sieht ihr etwas ähnlich, nicht wahr? Ich glaube, darum habe ich sie –«
Ingalls erwiderte ihren scharfen Blick.
»– für attraktiv gehalten«, schloß Dana ein wenig unlogisch. »Wo bleibt denn bloß diese blöde Miss Rockett?«

»Nehmen Sie einen Brief auf, Miss – hm – nehmen Sie einen Brief auf«, sagte Major Soames.
Wie im Traum, ohne sich auch nur einen Moment Gedanken über ihre unsichere Kurzschrift zu machen, nahm Lou ihren Stenogrammblock und einen spitzen Bleistift zur Hand. *Weiß es aber Major Soames?* Irgendwie kam es ihr unglaublich vor, daß er es nicht wissen sollte. Er war gerade in dem Augenblick eingetreten, als Lou den Stöpsel aus dem Schaltbrett riß, und

das Geflüster, das aus dem Apparat gedrungen war, schien den ganzen Raum auszufüllen.
Sie glaubte, ohne sich jedoch ihrer Sache ganz sicher zu sein, daß der höhnische, drohende Anruf aus dem Golfladen gekommen war. Wenn sie sich das Licht genauer angesehen, das Gespräch nicht so blindlings abgebrochen hätte, wenn Miss Patton und Major Soames nicht gerade im selben Moment ins Büro gekommen wären . . .
Sie blickte zum Fenster hinaus und sah, wie die jungen Frauen, die ihr morgendliches Tennisspiel hinter sich hatten, ihre Kinder vom Spielplatz holten, wo sie unter Aufsicht einer praktisch denkenden Kinderschwester gespielt hatten, die in entgegenkommender Weise vom Club dafür angestellt war, die aber jedesmal mit demselben Ausdruck beleidigter Würde alle angebotenen Trinkgelder annahm. Autos, meistens Kombiwagen, verließen den Parkplatz unterhalb des Wirtschaftsgebäudes und glitten langsam den Fahrweg hinab. Gäste wanderten über den Rasen zurück und stiegen die Stufen zu der blumengesäumten Terrasse empor auf dem Weg zur Bar oder zum Speisesaal. Nur unverwandt den Blick auf sie richten, während der Major seine Gedanken sammelte, die aufsteigende Übelkeit unterdrücken und schlimmstenfalls den Major selbst ansehen, sagte sich Lou.
Obwohl Stephen Soames bereits Ende Sechzig war, hatte er noch recht kräftige Schultern, einen aufrechten Gang und schwarzes Haar, das hinreichend mit Grau meliert war, um unter seinen Senatorenhüten raffiniert zur Geltung zu kommen. Wenn er im Club residierte, legte er großen Wert auf wildlederne Sportjacken, graue Flanellhosen und die modernsten, buntesten Westen.
Auf seinen periodischen Reisen nach New York dagegen kleidete er sich mit einer so diskreten Eleganz, daß Schaffner, Taxichauffeure und Hotelangestellte sich instinktiv verbeugten. Gewissen Clubgästen gegenüber legte er eine ausgesprochen altmodische Galanterie an den Tag, während er für andere ein reiches Repertoire zweideutiger Anekdoten auf Lager hatte. In den Augen unter den buschigen, ergrauenden Augenbrauen lauerten List und Tücke von fast Dickensschem Ausmaß.

»An die Firma Whitehall Painting Contractors. Sehr geehrte Herren«, diktierte der Major nachdenklich und verbreitete sich dann über einen ziemlich eigenmächtigen Abzug von fünfzig Dollar von der Summe, die man der Firma für das Anstreichen der Nebengebäude des Clubs schuldete. Lous Finger wurden beim Schreiben allmählich ruhiger. Sie hatte sich schon ein wenig an seinen Ton gewöhnt und vermutete halb, daß solche Briefe für den Major eine Art Zeitvertreib bildeten, den er allerdings ernst nahm wie Kriegsspiele.

Im befriedigenden Bewußtsein, den Anstreichern eventuell fünfzig Dollar entrissen zu haben, wurde Major Soames nach Beendigung des Briefes ganz leutselig. Beim Verlassen des Büros kam er an Lous Tisch vorbei, sagte bewundernd: »Was für reizende Armbänder«, und war bereits ins Foyer geschlendert, ehe Lou sich von ihrer Überraschung erholt hatte.

Das war das Ende der spätmorgendlichen Ruhepause. Miss Patton kam herein, setzte sich auf die Kante von Lous Tisch und sortierte mit erfahrener Hand den Inhalt des Drahtkorbs. Die Sekretärin des Majors war eine große, geschmeidige Blondine (jede Woche von neuem vergoldet) mit schmachtenden blauen Augen, einer Patriziernase, durch die sie sprach, schönen, langen Beinen und einer scharfen, unfehlbaren Intelligenz. Sie war – das hatte Lou schon nach zweiwöchiger Bekanntschaft entdeckt – die Seele des Clubs, über den sie spottete und klagte – und für den sie, dachte Lou, wahrscheinlich ihr Leben gelassen hätte.

Als ihr das Memo über Mrs. Giffords Heizofen in die Hände fiel, stöhnte sie: »Mein Gott, das macht sie jedes Jahr«, und überlegte dann einen Augenblick. »Rufen Sie die Sewards an; die haben einen.«

Lou mußte scharf nachdenken, um sich die Sewards, ein liebenswürdiges Ehepaar in den Fünfzigern, Mieter von Haus drei, ins Gedächtnis zu rufen. »Werden die auch nichts dagegen haben?«

Miss Patton, die schon auf dem Weg zur Tür war, drehte sich um; sie war sichtlich erstaunt über so viel Naivität. »Nicht, wenn Sie ihnen sagen, daß er repariert werden muß«, meinte sie vorwurfsvoll. »Ich bin in der Küche, wenn der Major mich zu sprechen wünscht.«

Die Sewards trennten sich nichtsahnend von ihrem Heizofen. Max, der mit seiner üblichen unheilverkündenden Miene das Büro durch die Hintertür betrat, mußte überredet werden, ihn abzuholen und bei den Giffords abzuliefern, ehe er zum Bahnhof fuhr, um einen ankommenden Gast abzuholen. Miss Patton kam händeringend aus der Küche zurück: Albert war betrunken, die Küche ein Chaos, und der Himmel allein mochte wissen, was aus dem Lunch des Frauenclubs werden sollte. Würde Lou wohl das »Standish Hotel« in der Stadt anrufen und fragen, ob sie einen ihrer Leute schicken könnten?
Das »Standish Hotel« konnte und wollte jemanden schicken. Zu irgendeinem formellen Lunch würde die Zeit nicht mehr reichen, denn die Damen trafen bereits ein. Miss Patton stürzte aus dem Büro, um sie in den Gesellschaftsraum zu locken, bis der Mann vom »Standish Hotel« eine gewisse Ordnung in der Küche hergestellt hatte. Max, der vom Bahnhof zurückgekommen war, bediente das Schaltbrett, während sich Lou im Abstellraum hinter dem Büro mit einem Sandwich und einer Tasse Kaffee stärkte.
Es war ein enger, schlauchartiger Raum, in dem zahllose Kartons mit Briefpapier, staubigen Dokumenten und alten Adressenschablonen in Regalen aufgestapelt waren. Außerdem lagen eine Menge Dinge herum, die Gäste verloren und niemals reklamiert hatten: ein langer, vergilbter Abendhandschuh, eine Haarspange aus Schildpatt, ein Buch aus einer Leihbibliothek mit dem warnenden Stempel »Sieben-Tage-Buch«, das jedoch schon vor viereinhalb Jahren entliehen worden war. Ein Vorhang verdeckte dieses Chaos, und Lou hatte beim Verzehren ihres eiligen Lunchs das Gefühl, als habe sie sich wie ein Fuchs in einen Bau geflüchtet.
Dabei war alles umsonst; das hatte ihr der Flüsterer deutlich zu verstehen gegeben.
Wer aber war es?
Nicht Dana Mallory, die die ganze Geschichte kannte. Das wäre im höchsten Grade sinnlos. Ihr Vetter vielleicht, der Mann, der am Empfang gestanden hatte – Ingalls? Mrs. Mallory würde es ihm natürlich erzählt haben, aber er hatte nicht so ausgesehen wie einer, der anonyme Telefongespräche führt.

Andererseits trugen Leute, die mit Geheimnissen Geschäfte machten, dies nicht zur Schau.
Trug ihr eigenes Gesicht, das jetzt schmaler war und den Ausdruck sorglosen Vertrauens verloren hatte, etwa den Stempel des Gerichtssaals? Lou drückte ihre halbgerauchte Zigarette aus und stand auf, um sich im Spiegel zu betrachten, der schief an der Wand hing. Aber er war alt und trübe und verriet ihr nur, daß sie ihr Make-up auffrischen mußte.
Am Türeingang schob Max den Kopf ungezwungen um den Vorhang herum. »Haben Sie ein Zimmer für Smithwicks reserviert, die heute abend ankommen sollen?«
Wie üblich sah er mit seiner grimmig zerfurchten Stirn über den rötlichbraunen Augen aus, als wolle der Himmel in der nächsten Sekunde einstürzen. »Ja«, erwiderte Lou. »Sind sie am Apparat? Ich komme sofort . . .«
Um vier Uhr hatte sie frei und konnte bis zum nächsten Morgen acht Uhr über ihre Zeit verfügen. Bisher war sie jeden Tag, wenn es nicht gerade in Strömen goß, zum Strand geeilt, so schnell ihre Füße sie tragen wollten. Heute war es heiß und die Bläue des Morgenhimmels mittlerweile gleißend und farblos geworden. Doch bevor sie zum Schwimmen ging, bevor sie überhaupt irgend etwas unternahm, mußte sie noch eine Sache erledigen.
Man hatte Lou eines der Gästehäuser gegeben, was sie zunächst überrascht hatte, bis sie eine Reihe offensichtlicher Gründe entdeckte: Es war am weitesten vom Clubhaus entfernt, fast eine Viertelmeile den sich schlängelnden, von Ulmen eingefaßten Fahrweg hinunter. Beim vorjährigen Orkan hatte ein Baum das Dach zerschmettert, und es waren nur ein paar hastige, provisorische Reparaturen ausgeführt worden. An Decken und Wänden waren noch Wasserflecke zu sehen. Dann stand es unmittelbar neben Haus elf, wo gewöhnlich Leute mit kleinen Kindern wohnten, in diesem Fall die Damons.
Abgesehen von den Wasserflecken und den Möbeln, die man aus anderen Häusern ausrangiert hatte, wenn Neuanschaffungen gemacht werden mußten, war Lous »Hütte« – die eigentlich angemessene Bezeichnung für diese Häuschen – ein genaues Ebenbild der anderen. Hölzerne Stufen führten zu

einer kleinen, von Fliegengittern eingefaßten Veranda, und der kleine Wohnraum dahinter enthielt eine Couch, zwei Stühle, eine Strohmatte und ein Tischchen. Hinter dem Wohnraum befanden sich ein tannenbeschattetes Schlafzimmer und ein Bad. Doppelhütten, wie die der Damons, waren außerdem noch mit einer kleinen Kochnische ausgestattet.

Lou schloß auf und ging sofort ins Schlafzimmer. Durch das linke Fenster blickte man auf den Rasenplatz hinter Hütte elf, wo Mrs. Damon mit ihrem blonden Haar, das ihr ins Gesicht fiel, sich über einen Kinderkorb beugte und etwas murmelte, das man nicht verstehen konnte. Lou holte ihren Badeanzug und warf ihn zusammen mit ihrem Bademantel aufs Bett. Dann ging sie an ihren Koffer und nahm die Zeitungsausschnitte heraus, die sie in den Seiten einer alten Nummer des *Atlantic Mounthly* versteckt hatte. Das *Atlantic Mounthly* war vor der Neugierde des Personals sicher.

Es waren keine pathologischen Gründe, die sie dazu bewogen hatten, die Ausschnitte aufzubewahren, sondern das hartnäkkige Gefühl, daß sie eines Tages Verwendung dafür haben könnte. Draußen rief Mrs. Damon entzückt: »Oh, du kleiner Schlingel, du!« Lou betrachtete aufmerksam die beiden verschwommenen Reproduktionen ihres eigenen Gesichts. Eine im Profil und eine Dreiviertel-Ansicht. Damals hatte sie eine andere Frisur getragen – und damit völlig anders ausgesehen als heute.

Nein. Ihr Herz klopfte plötzlich heftig. Es war unmöglich. Kein Mensch konnte sie nach einem Jahr mit diesem blassen, verstörten Gesicht in Zusammenhang bringen. Wer auch immer sie vom Golfladen aus angerufen haben mochte – es war jemand, dem man die Geschichte erzählt hatte. Oder er war damals dabeigewesen.

Was war jetzt zu machen? Einfach abwarten?

Ein Spaziergang von zehn Minuten brachte sie zum Strand des Clubs. Es war ein breiter, halbkreisförmiger Sandstreifen, den ein Schutzdamm gegen das Meer abgrenzte. Hinter dem Damm und abseits der gestreiften Badehütten wurde der Strand steinig. Lou liebte diesen Teil; die Steine strahlten eine reine Hitze aus und klebten nicht am Körper, wenn man triefend aus dem Wasser stieg, und selbst das Meer schien hier

»privater« zu sein.
Es war erschreckend kalt, als sie hineinsprang. Doch als sie wieder an die Oberfläche kam und zu schwimmen begann, fühlte sich ihre Haut an wie Seide. Sie kraulte mühelos und gut; die Bewegungen ihrer Arme waren ruhig und die ihrer Füße gleichmäßig und beherrscht. Die nervöse Spannung ließ nach, ebenso die Furcht, die sie erfaßt hatte. Als sie fünfzig Meter hinausgeschwommen war, drehte sie sich um, legte sich auf den Rücken und blickte zurück nach dem mattgoldenen Strand mit seinen merkwürdig zusammengeschrumpften Gestalten. Aus dieser Entfernung wirkte das Clubhaus wie ein auf einer Rasenschwellung thronendes Kindermodell. Eine Seemöwe glitt herab, um sich diesen Eindringling in ihrem Gebiet näher anzusehen, und Lou, die sich angesichts der lässigen, eleganten Schwünge des Vogels sehr plump vorkam, folgte ihr bis zum Damm.
Die Flut hatte noch nicht ihren Höhepunkt erreicht, und die aus dem Wasser ragenden Steine waren schlüpfrig. Lou, ganz atemlos von der schnellen Verfolgung der Möwe, griff ohne Bedenken nach der Hand, die sich ihr hilfreich über den Rand der Steine entgegenstreckte. Sie fand einen Halt für ihren Fuß und kletterte keuchend aus dem Wasser.
Es war Ingalls, der ihr Kommen beobachtet hatte und jetzt ihre beiden Hände hielt. Er wirkte gegen den sonnengebleichten Himmel sehr groß und überraschend dunkel. Lou blinzelte das Wasser aus den Wimpern und sah, daß er auf ihre Handgelenke starrte.
Ihre Hände versteiften sich in den seinen, aber sie machte keinen Versuch, sie ihm zu entziehen. Die Kälte des Wassers ließ die Verfärbung der Narben, die von den Armbändern verdeckt wurden, wenn sie nicht gerade schwamm oder schlief, deutlicher hervortreten, so daß die Haut, die noch nach einem Jahr zusammengezogen war, sich malvenfarbig und beige von der Weiße ihrer Arme abhob.
Leerer Himmel, heißes Licht und das nasse Klatschen kleiner Wellen gegen den Damm schufen eine gespannte Atmosphäre. Ingalls ließ ihre Hände los und sah ihr ruhig in die Augen.
»Sie sind Louise Royce.«
»Ja.« Sie hatte gewußt, daß dies kommen würde. Soviel man

auch planen mochte – es half alles nichts in diesem letzten, kalten, unumgänglichen Augenblick. Lou nahm ihre Badekappe ab. Sie blickte Ingalls direkt in die grauen Augen und hörte ihre eigene Stimme deutlich sagen, als käme sie von einer fremden Person: »Ja, ich bin Louise Royce. Fällt Ihnen jetzt wieder alles ein, Mr. Ingalls?«

3

Sie war Louise Royce, aber sie konnte sich nicht entsinnen, je anders genannt worden zu sein als Lou. Als einziges Kind hätte sie eigentlich einige Neurosen und Komplexe entwikkeln müssen. Aber davon war sie verschont geblieben. Ihre Mutter starb, als sie noch auf der Oberschule war. Sie war dreiundzwanzig, als ihr Vater einen Schlaganfall erlitt, der ihn zwang, sein Amt als Professor an einer Universität in Massachusetts niederzulegen.

Die Übersiedlung nach New York erschien durchaus angebracht; denn Geld würde eine große Rolle spielen, und Lou mußte mehr verdienen als bei der Provinzzeitung, wo sie für den gesellschaftlichen Teil, die Nachrufe und »Vermischtes« verantwortlich war. Sie hatte nie eine kaufmännische Ausbildung irgendwelcher Art genossen, aber für ihren Vater hatte sie so viele Manuskripte tippen müssen, daß sie sich notgedrungen das Blindschreiben beigebracht hatte. Nach einer Woche in New York ließ sie in der *Times* eine Anzeige erscheinen, in der sie kühn ihre Qualitäten als Abschreiberin anpries.

Von den Angeboten kamen schließlich nur zwei in Frage. Eins stammte von einem ältlichen Roué, der im »Waldorf Astoria« wohnte und seine Memoiren schreiben wollte. Als er jedoch ganz vorsichtig Lous Hand streichelte, gleichsam auf der Suche nach unsichtbaren Tippmuskeln, suchte sie schleunigst das Weite. Die andere Antwort kam von Mrs. Harmon Heffernan, die unter dem Pseudonym Elinor Saint mäßig aufregende Liebesgeschichten schrieb.

Die Heffernans wohnten auf Long Island. Das bedeutete eine

umständliche Hinundherfahrerei, aber das Gehalt war für eine Halbtagsarbeit erstaunlich hoch. »Zu hoch«, meinte Lous Vater nachdenklich. »Da stimmt etwas nicht. Warte mal ab.«
Der Haushalt der Heffernans bestand aus Mrs. Heffernan, ihrem Mann, einem gleichmütigen Bankier vom alten Schlage, ihrer kleinen Tochter, einem Dienstmädchen und einer Köchin. Das Haus stand in Watermead, das bis dahin von der wilden Bautätigkeit ringsum verschont geblieben war, und Lou, für die Bäume immer eine Selbstverständlichkeit gewesen waren, entdeckte sie hier mit zärtlicher Begeisterung neu. Das aus weißem Ziegelstein erbaute Haus der Heffernans mit seinen Seitenflügeln, dem Rasen und von Gebüsch eingeschlossenem Garten verbreitete eine angenehm behagliche Atmosphäre, und das Studierzimmer, in dem Lou arbeiten sollte, war ständig von schattendurchwirktem Sonnenlicht erfüllt.
Mrs. Heffernan selbst war eine kleine, unordentliche Frau in den Vierzigern, fast so süßlich wie eine ihrer Heldinnen. Sie lebte in gelassener Zufriedenheit mit ihrem Mann, ihrem Kind, mit dem sie gar nicht mehr gerechnet hatte, und ihrem im Entstehen begriffenen Werk: *Lilas Weg*. Von Lou war sie sofort eingenommen. »Ich weiß, wir werden gut miteinander auskommen, Miss Royce. Das Gefühl hatte ich sofort, als Sie durch die Tür traten.«
Und Lou mochte Mrs. Heffernan auch wirklich gern, aber das sehr gute Gehalt für fünf Vormittage in der Woche fand eine rasche Erklärung. Ihre Prinzipalin arbeitete nur, wenn sie in Stimmung war, und da sie jeden Morgen bis elf Uhr schlief, war sie logischerweise nachmittags oder abends in Stimmung. Wenn Lou um neun Uhr ankam und das Arbeitszimmer betrat, erwartete sie ein Stoß langer, gelber linierter Bogen, die mit unordentlichem, nach links geneigtem Bleistiftgekritzel bedeckt waren, in dem M, N, I und U sich nicht unterscheiden ließen. Da, wo Mrs. Heffernan im nachhinein bessere Einfälle bekommen hatte, waren die Ränder mit Korrekturen dicht bekränzt. Gelegentlich hatte sie, als ob sie niemanden belästigen wolle, kleine Pfeile eingefügt, die unsichtbar blieben, bis der fertige Bogen umgedreht wurde und auf der Rückseite eine Menge von Einschüben enthüllte.

Aber das war noch nicht das Schlimmste. In der Hitze des künstlerischen Schaffens vergaß sich Mrs. Heffernan oft. Sätze blieben unvollendet. Wiederholte Adjektive waren so zahlreich wie Disteln. Aber es war zweifellos nicht angebracht, Mrs. Heffernan aus einem tiefen Schlaf zu wecken und sich zu erkundigen, ob sie wohl eins davon ändern möchte. Als Mrs. Heffernan ihren gegenwärtigen Helden dreimal auf einer Seite mit leuchtenden Augen bedacht hatte, faßte sich Lou ein Herz und ließ sie nur zweimal leuchten, und am nächsten Morgen änderte sie tatsächlich ein Wort. Am Ende der Woche überreichte ihr Mrs. Heffernan mit aufforderndem Lächeln drei alte Elinor-Saint-Manuskripte, die sie mit nach Hause nehmen und durchsehen durfte.

Im großen und ganzen war es ein angenehmer Posten, und da Mrs. Heffernans Prosa einen gewissen hypnotischen Einfluß ausübte, kam sich Lou oft ein wenig wie eine Saint-Heldin vor, wenn sie um ein Uhr ihre Schreibmaschine zudeckte und ihre Handschuhe anzog. Das ging so bis zum zehnten Juni.

Der zehnte Juni war der zwölfte Hochzeitstag der Heffernans. Diesmal fiel er auf einen Donnerstag. An diesem Tage hatte die Dienerschaft frei. Die Köchin pflegte dann ein kaltes Buffet herzurichten, ehe sie fortging, und die Heffernans luden im allgemeinen Gäste zu Cocktails und einem einfachen Mahl ein. Am Morgen des zehnten Juni jedoch gab es eine Reihe von telefonischen Anrufen für Mrs. Heffernan, die Lou in Abwesenheit des Dienstmädchens entgegennehmen mußte, und gegen zwölf Uhr erschien Mrs. Heffernan selbst im Arbeitszimmer.

»Ich hoffe sehr, Miss Royce«, sagte sie, »daß es Ihnen nicht allzu lästig ist, heute nachmittag bei dem Baby zu bleiben. Ich will Ihnen etwas sagen, ich gieße uns beiden jetzt einen schönen kalten Martini ein, und dann wollen wir einen kleinen Imbiß nehmen.«

Lou sah sie ganz verdutzt an, und Mrs. Heffernan fuhr in vorwurfsvollem Ton fort: »Aber ich habe es Ihnen doch gestern gesagt. Erinnern Sie sich nicht? Ein paar Freunde nehmen uns zum Essen mit nach Connecticut, um unseren Hochzeitstag zu feiern, und da Martha nicht vor sechs Uhr zurückkommt, erklärten Sie sich doch bereit, bis dahin hierzubleiben und das letzte Kapitel auszuarbeiten. Wenn Sie allerdings etwas vorhaben . . .«

Es blieb Lou nichts anderes übrig, als sich ins Unvermeidliche zu schicken, obwohl ihr Vater im Krankenhaus lag und sie geplant hatte, ihn, wie jeden Tag, zu besuchen. Lou verabscheute Martinis, trank aber trotzdem einen, da Mrs. Heffernan sie ängstlich auf etwaige Anzeichen von Verdrießlichkeit hin zu beobachten schien und sie ihr den Festtag nicht verderben wollte. Nach einem Hühnerfleisch-Sandwich und Erdbeeren in dem ihr fremden rosa-weißen Eßzimmer kehrte sie in ihren Raum zu *Lilas Weg* zurück.

Um zwei Uhr kam Mr. Heffernan von seiner Bank in Manhattan nach Hause. Um drei Uhr stellte Mrs. Heffernan, gekämmt und parfümiert, aber doch den Eindruck erweckend, als sei sie mit Sicherheitsnadeln zusammengehalten, den Kinderwagen mit dem Baby in den Garten und kam dann zu Lou ins Zimmer. »Sie hat ihren Apfelbrei und ihre Flasche gehabt, Miss Royce, und dürfte also eigentlich keinen Mucks von sich geben, während Sie hier sind, und Martha kommt um sechs Uhr zurück. Wenn Sie nur darauf achten wollten, daß die Sonne nicht in den Wagen scheint . . . oh, und wenn jemand anruft: Wir kommen heute abend wieder nach Hause. Sie müssen doch bald mit Ihrer Arbeit fertig sein. Warum nehmen Sie sich nicht ein Buch und machen es sich in einem Liegestuhl auf dem Rasen bequem?«

Und dann waren sie fort.

Lou machte es sich nicht in einem Liegestuhl bequem. Der Martini und die Hitze hatten sie müde gemacht, und da sie an kleine Babys nicht gewöhnt war, fühlte sie eine ungeheure Verantwortung. Sobald die Heffernans abgefahren waren, ging sie kurz hinaus und sah sich ganz behutsam die sechs Monate alte Amy an, die friedlich unter dem Moskitonetz schlummerte. Das Haus kam ihr unheimlich ruhig vor; es hallte wider vom Geräusch ihrer Schreibmaschine, und sie war froh, als sie die letzte der engbeschriebenen gelben Seiten übertragen hatte. Lila befand sich gerade in einer mißlichen Lage, da ihre Stiefschwester das Herz ihres Verlobten gegen sie vergiftete, aber das war Mrs. Heffernans Problem.

Sie sah wieder nach dem Baby und schob den Wagen aus der

Sonne in den Schatten der Fliederhecke. Das Arbeitszimmer konnte eine ordnende Hand gut vertragen, und sie beschäftigte sich eine Weile mit Aufräumen, wobei das Schweigen des Hauses immer noch auf ihr lastete, ein Schweigen, so tief, daß das kleinste Geräusch zum Getöse wurde.
Um Viertel vor fünf gab es nichts mehr für sie zu tun. Sollte sie vielleicht den Steingarten der Heffernans jäten?
Lou ging hinaus und warf einen Blick auf Amy. Der Nachmittag war milde und etwas windig. Die Freunde der Heffernans wußten offenbar, daß sie nicht zu Hause waren; das Glockenspiel an der Tür und das Telefon blieben stumm. Vögel sangen, was die Abwesenheit aller menschlichen Laute noch betonte; über den Rasen huschten zitternde Schatten, und aus einem Eckfenster des Hauses kräuselte sich sanft eine Rauchfahne.
Selbst jetzt, als ihr Herz schon unruhig schlug, vergaß Lou nicht, nach dem Baby zu sehen. Amy schlief unter ihrer zartrosa Decke, träumte von Apfelbrei und Milch, und Lou rannte zurück ins Haus.
Im Arbeitszimmer roch es schon ein wenig brenzlig. Dieser Geruch verstärkte sich, als sie durch das Eßzimmer und den Wohnraum zu der langen Glasveranda im anderen Flügel des Hauses eilte. Und hier sah sie die Flammen, deren Gold in dem warmen Licht des Spätnachmittags fast unsichtbar war. Lebhafter als ihre Färbung war das Geräusch, das sie verursachten. Sie schlängelten sich an den zusammengerafften Vorhängen empor und züngelten gierig aus den offenen Fenstern – nach dem ausgedörrten Efeu, den Fensterläden, dem Dach. Am anderen Ende der Glasveranda stand ein Telefon auf dem Tisch, und für Lou war es unlogischerweise das einzige Telefon auf der Welt. Ungestüm griff sie nach einem Vorhang und riß durch diese heftige Bewegung die Stange mit der brennenden Übergardine herunter, die quer über ihre Handgelenke fiel. Sie hörte ihren Schrei durch das Haus gellen, noch ehe ihr Bewußtsein den vollen Umfang des Schmerzes registrierte.
Aber sie erreichte das Telefon und weinte nun leise vor sich hin. Der Leinenrock, den sie aus dem Bereich der Flammen gerissen hatte, scheuerte wie Sandpapier auf ihrem verbrann-

ten Fleisch. Sie keuchte die nötigen Worte ins Telefon, und dann schoß ihr plötzlich der entsetzliche Gedanke durch den Kopf, daß durch eine Laune des Zufalls ein brennendes Blatt oder ein Funke auf das Moskitonetz gefallen sein könnte, das Amy Heffernan bedeckte.
Sie hätte sich diese Sorge sparen können. Als sie mit tränenüberströmten Wangen und dem fernen Klang der Feuersirene im Ohr endlich wieder den Rasen erreichte, war Amy Heffernan verschwunden.

»Der Fall Heffernan, Mr. Ingalls. Sie werden sich gewiß daran erinnern. Jeder erinnert sich.«
»Aber sie haben doch den Kidnapper gefaßt«, entgegnete Ingalls, während er sie ruhig und aufmerksam beobachtete. »Veuchen. Er wurde vor zwei Monaten hingerichtet.«

Der Entführer Peter Veuchen. Wie das so oft bei Kindesräubern der Fall ist, entpuppte er sich als ein unauffälliger, beinahe unsichtbarer Mann – Auslieferungsbote einer Reinigungsanstalt. Er war naturalisiert, zweiunddreißig Jahre alt, mit einem hübschen, heiteren Gesicht – und jung verheiratet. Und doch war er, wie der den Vorsitz führende Richter erklärte, einer der wenigen wirklich amoralischen Männer, die ihm je in seiner Praxis untergekommen waren. Als man ihn mit der Leiche Amy Heffernans, die durch Aussetzen in einem Sumpf auf Long Island umgekommen war, konfrontierte, hatte er sich nach einem flüchtigen Blick kalt abgewandt. Auf die Frage nach seinen Beweggründen hatte er in ehrlicher Verblüffung die Achseln gezuckt; waren fünfundsiebzigtausend Dollar denn kein ausreichendes Motiv?
Harmon Heffernan schwor, die fünfundsiebzigtausend Dollar in ungekennzeichneten Fünfzigern, Zwanzigern und Zehnern an einen Mann gezahlt zu haben, der sich als der Entführer ausgab. Veuchen schwor, die Summe sei unvollständig gewesen. Diese Behauptung wurde aber sofort zurückgewiesen. Da das Todesurteil feststand, hatte Veuchen durch Entgegenkommen nichts zu gewinnen und konnte auch nichts verlieren durch die Arroganz, die er mit sichtlichem Vergnügen zur Schau trug, bevor er in ein noch arroganteres Schweigen

verfiel. Vierzigtausend Dollar des Lösegeldes wurden schließlich auf der Farm seines Schwagers in einem Strohballen entdeckt, und das war alles.
War der Rest der Summe einem Komplizen ausgehändigt worden? Denn eigentlich war es merkwürdig, daß die Heffernans, die wohl gut, aber nicht verschwenderisch lebten, von einem solchen Außenseiter wie Veuchen als Opfer ausersehen worden waren. Das Mädchen und die Köchin, die beide schon seit Jahren in diesem Haushalt arbeiteten, wurden einem gründlichen Verhör unterzogen, jedoch für unschuldig befunden. Die Schreibhilfe vielleicht?
Veuchen bestand jedoch darauf, die volle Verantwortung für das Verbrechen auf sich zu nehmen. Er zuckte einfach die Achseln, wenn man ihn auf Einzelheiten festnageln wollte; den Papierkorb zum Beispiel, der unter einem der offenen Verandafenster stand und auf ein Vorherwissen schließen ließ. Aber Louise Royce, jung und ledig, lieferte den Zeitungen interessanten Stoff, vor allem als der Fahrstuhlführer aus ihrem Haus sich daran erinnerte, daß sie am Abend vor der Entführung noch zu später Stunde ausgegangen war, obwohl es in Strömen gegossen hatte.
Sie konnte leider keinen Beweis dafür erbringen, daß Sorge um ihren Vater und eine allgemeine Niedergeschlagenheit sie aus der bedrückend stillen Wohnung getrieben hatten, daß sie nicht ausgegangen war, um Peter Veuchen zu treffen. Und die vor Kummer ganz verwirrte Mrs. Heffernan wiederholte nur immer wieder, daß Miss Royce natürlich gewußt habe, daß sie an dem Donnerstag in Connecticut sein würden; sie hätten am Tag zuvor darüber gesprochen.
Der eine Martini, den Mrs. Heffernan Lou aufgedrängt hatte, wurde in der Presse zu einer Orgie, die sie veranstaltet hatte, sobald ihre Arbeitgeber aus dem Hause waren. Ihre Familienfinanzen wurden unter die Lupe genommen. Geld sei wohl immer etwas knapp gewesen, nicht wahr, auch bevor ein zweiter Schlaganfall einen teuren Krankenhausaufenthalt für ihren Vater erforderlich machte. War das nicht in erster Linie der Grund gewesen, der sie zwang, sich eine Beschäftigung zu suchen?
Sie wurde nicht offiziell beschuldigt, aber unter dem Druck

der öffentlichen Meinung enthüllte das Krankenhaus schließlich, daß am Tag vor Veuchens Verhaftung ein Umschlag mit fünfhundert Dollar in Fünfzigdollarscheinen in seinen Briefkasten geworfen worden sei. Eine mit der Maschine geschriebene Botschaft auf billigem, weißem Papier besagte einfach: »Einliegender Betrag zugunsten von Mr. Gregory Royce.«
Papier und Umschlag – in jedem Kaufhaus zu erwerbende Dutzendware – waren durch so viele Hände gegangen, daß sich die einzelnen Fingerabdrücke unmöglich unterscheiden ließen. Die Zeilen waren weder auf Gregory Royces uralter Underwood noch auf Mrs. Heffernans neuer, blaßgrauer Royal geschrieben worden. Aber das war ja schließlich die elementarste Vorsichtsmaßregel.
Die Verbrennungen und – für sie am bittersten von allem – die Tatsache, daß ihr Vater während einer Operation starb, retteten Lou. Die Sympathien schlugen um. Es ließ sich nicht beweisen, daß die vom Krankenhaus erhaltenen Banknoten ein Teil des Lösegeldes waren; Gregory Royces Krankheit war in den Zeitungen erwähnt worden, und in New York wimmelte es von exzentrischen Philanthropen. Außerdem hatte Veuchen ja zugegeben, daß er das Haus beobachtet, das Kind geraubt und später ausgesetzt habe, weil es schrie. Veuchens Wohnung wurde einige Monate lang bewacht – in der Hoffnung, etwas ans Licht zu bringen, das zu dem Rest des Lösegelds führen würde, aber offiziell war der Fall Heffernan abgeschlossen.

Ingalls runzelte ein wenig die Stirn. »Das wäre also erledigt. Ihr Name ist in eine Angelegenheit hineingezogen worden, mit der Sie nichts zu tun hatten, und man hat Ihnen übel mitgespielt, aber jetzt ist alles vorüber.«
»Nichts ist vorüber«, erklärte Lou mit matter Stimme. »Die Leute behalten Kidnapping und die damit in Zusammenhang gebrachten Personen länger im Gedächtnis als alle anderen Dinge. Die Entdeckung habe ich jedenfalls gemacht. Jeder fragte sich, ob nicht doch jemand mit Veuchen unter einer Decke gesteckt hat.« Sie betrachtete gelassen ihre vernarbten Gelenke, wie sie es lange nicht mehr getan hatte. »Ich übrigens auch. Sie haben sich diese Frage doch sicher ebenfalls gestellt,

nicht wahr, Mr. Ingalls, von dem Augenblick an, wo Ihre Kusine Ihnen meine Geschichte erzählt hat?«

»Meine Kusine hat mir nichts davon erzählt. Ich war zufälligerweise eines Tages im Gerichtssaal mit einem Freund, der über die Verhandlung Bericht erstatten mußte. Dana mag nicht allzu tugendhaft sein«, setzte Ingalls brüsk und ein wenig zornig hinzu, »aber sie verrät eine ihr anvertraute Person nicht.«

Lous Kopf fuhr in die Höhe. »Ich bin Ihrer Kusine sehr dankbar, Mr. Ingalls, aber wenn Sie nur wüßten, wie sehr ich es hasse, eine ›anvertraute Person‹ zu sein –!«

Sie setzte sich wieder ihre Badekappe auf und machte einen Kopfsprung vom Rand der Steine, im vollen Bewußtsein, unentschuldbar grob reagiert zu haben. Aber es war ihr gleichgültig. Sie hörte noch, wie Ingalls ein kurzes, heftiges Wort hervorstieß, dann war sie im Wasser und schwamm.

Wenn Mrs. Mallory ihrem eigenen Vetter nicht verraten hatte, daß Miss Fabian aus dem Büro Louise Royce war, würde sie es wohl kaum jemand anderem gesagt haben. Also handelte es sich jetzt nicht nur darum, wer sie vom Golfladen aus angerufen hatte, sondern auch, wie die betreffende Person zu diesem Wissen gekommen war.

Es schien immerhin möglich, daß noch jemand außer Ingalls sie von der Verhandlung her erkannt hatte, aber Ingalls hatte erst forschend auf ihre nackten Gelenke blicken müssen. Und ein Landclub in Connecticut wimmelte wohl kaum von Menschen, die zufällig vor einem Jahr einer Verhandlung über Kindesentführung in New York beigewohnt hatten. Jedenfalls hatte das geflüsterte Telefongespräch einen bestimmten Zweck verfolgt.

Lou erkannte plötzlich – war es wirklich plötzlich, oder hatte es in all diesen Monaten nur in ihrem Unterbewußtsein geschlummert? – das starke, unsichtbare Band zwischen ihr und der Person, die in gewissem Sinn der eigentliche Mörder von Amy Heffernan war. Man hatte absichtlich den Verdacht auf sie gelenkt; die ins Krankenhaus gesandten fünfhundert Dollar waren ein Beweis dafür. Wenn es nun nicht jemand aus Veuchens Kreisen wäre, sondern – und in dem Fall mußte es so sein – einer aus dem großen Bekanntenkreis der Heffernans?

Die Freunde der Heffernans gehörten im allgemeinen zur höheren Einkommensschicht – keine Leute, die sich ohne zwingenden Grund einem höllisch heißen New Yorker Sommer aussetzten.
Das bewies die Frau im Foyer, die erwähnt hatte, daß sie eine Karte von Maude Heffernan bekommen habe. Mit viel größerer Wahrscheinlichkeit waren sie in einem Landclub in Connecticut zu finden.

4

Ein riesiger, leuchtender Wasserball hüpfte über den Strand, als Lous Füße den Sand berührten, und Mr. Appleford aus Hütte fünf kam laut planschend hinterher. Mr. Appleford gehörte zu den Gästen, die in den Ferien prompt alle Hemmungen abstreifen, die sie während des übrigen Jahres einengen, und er ließ sich da auch von seiner kühlen, dunkelhaarigen, ausgeglichenen Frau nicht bremsen. Er erschien im Clubhaus gewöhnlich vor den anderen und war stets bereit, Golfquartette oder Tennisdoppel oder Wasserspiele zu arrangieren. (»Wer nicht mitmacht, ist ein Spielverderber! Los, alter Junge!«) Er blinzelte Lou zu und rief: »Hallo . . . hoppla!« Dann ergriff er wieder seinen Ball und stürzte spritzend damit fort.
War es eine Männerstimme gewesen, die am Telefon geflüstert hatte, oder eine Frauenstimme?
Lou zog sich ihren Bademantel und ihre Sandalen an, nahm ihr Handtuch und machte sich auf den Weg zu ihrer Hütte. Heute abend würde es regnen; der Himmel bezog sich, und der Rasen des Golfplatzes zeigte in dieser neuen Beleuchtung einen warmen Ton. Mrs. Damon fütterte gerade ihr kleines, rosiges Baby auf der Veranda ihrer Hütte. Sie erhob sich, als Lou näher kam, schwenkte triumphierend die leere Flasche und verschwand mit dem Kind im Haus.
Sie war natürlich hineingegangen, weil das Baby jetzt schlafen mußte. Nicht, weil Louise Royce daherkam.
Doch Lou hatte immer das Gefühl, daß man sie anstarrte, sie erkannte und vor ihr zurückschreckte. Sie hatte bereits zwei

Stellen verloren, bevor sie Mrs. Mallory in der Eighth Street traf. Zunächst war sie in einem Buchladen beschäftigt gewesen, der eine große Kinderbuchabteilung hatte. Sie hatte drei Monate dort gearbeitet, als eine sehr gute Kundin sich bei dem Besitzer beklagte, sie könne einfach nicht in Ruhe Bücher aussuchen, während ihre kleine Tochter sich in einem anderen Raum in der Obhut von Louise Royce befinde. Die zweite Stelle bekam sie bei einem Verlag, wo sich die Mädchen an anderen Tischen sofort zu Gruppem zusammenscharten, und bald darauf lagen Gerüchte wie Rauchwolken in der Luft. Der Bürovorsteher hatte ihr – zwar mit tiefem Bedauern, aber sehr entschieden – erklärt, daß ihre Dienste nicht länger erwünscht seien.

John Mallory zählte zu Harmon Heffernans Geschäftsfreunden, und Mrs. Mallory hatte darauf bestanden, Lou zum Lunch einzuladen. Sie hatte Lou viele Fragen gestellt und sich nicht durch das ungezwungene Lächeln täuschen lassen, mit dem Lou erklärte, sie erledige Schreibarbeiten. Was schrieb sie denn? »Endlose Zahlenreihen«, hatte Lou erwidert. »Eigentlich verdiene ich mein Gehalt noch nicht, denn ich erwische dauernd Anführungszeichen und Klammern.«

Mrs. Mallory hatte ihren Blick nachdenklich auf ihr ruhen lassen. »Können Sie stenografieren? Wenn Sie das lernen könnten, hätte ich vielleicht etwas für Sie. Auf alle Fälle geben Sie mir mal Ihre Telefonnummer.«

Auf diese Weise hatte sie den Posten im Coastline Club bekommen. Er war ihr sehr verlockend erschienen, obwohl etwas in ihr sich dagegen sträubte, »bemuttert« zu werden. Aber nur so war es für sie möglich, aus New York herauszukommen, das eine Reihe schmerzlicher Assoziationen für sie bedeutete, und wenn ihr Gehalt auch nicht sehr hoch war, so konnte sie doch das meiste davon zurücklegen, um einen Notgroschen für den Herbst zu haben. Sie nahm also zehn Stenografiestunden, die ihr eine bescheidene Gewandtheit auf dem Gebiet der Kurzschrift verliehen, und suchte sich einen Untermieter für ihre winzige Wohnung in der Morton Street.

Erst als sie einige Tage im Club war, entdeckte sie, daß Dana Mallorys Vater sehr viel Geld in das Unternehmen gesteckt hatte. Aber viele andere Dinge gingen ihr sehr schnell auf. Es war ein verhältnismäßig neuer Club, der ganz offen und unbefangen snobistisch war. Die meisten seiner gegenwärtig hundert Mitglieder stammten aus New York oder New Jersey. Theoretisch gab es ein oft respektvoll erwähntes Komitee, das die Anträge auf Mitgliedschaft prüfte und die Spreu vom Weizen schied; in Wirklichkeit aber war es Major Soames, der sich auf seine eigene Spürnase für Geld und Miss Pattons scharf abschätzendes Auge verließ. Es gab Golfmitgliedschaften und Tennismitgliedschaften und Golf- und Tennismitgliedschaften. Doch die Haupteinkünfte, die den Club überhaupt in Gang hielten, bildeten die Vollmitgliedschaften, einschließlich Benutzung des Strandes und des Kinderschwimmbeckens, und die Einnahmen aus der vorteilhaften Vermietung der Hütten. Das schwarz-goldene Schild am schmiedeeisernen Tor, die Blumen im Foyer und die gerahmten Fotografien des Orchesters, das jeden Freitagabend zum Tanz aufspielte, waren Gesten, die einfach mit dazugehörten. Aber unter diesem konventionellen Äußeren herrschte ein durch Notlagen und Unschlüssigkeit hervorgerufenes Chaos, von dem die Mitglieder keine Ahnung hatten.

Lou gefiel der Club mit seinen zum Teil sehr eigenartigen Gästen und Bediensteten recht gut. Die beiden Clubkellner hatten früher im alten »Waldorf Astoria« gearbeitet. Der sanfte Bert hatte Kummer mit seinen Füßen und probierte jede Woche ein neues Mittel aus. Alex, der aus Wien stammte, würde auch mit neunzig noch gut aussehen. Der junge italienische Barmixer lag in ständiger, aber nicht allzu ernster Fehde mit dem Küchenchef, der ihn einst während eines Hochzeitsempfangs mit einem Tranchiermesser die Treppe hinauf verfolgt haben soll. Die Toilettenfrau im Damenwaschraum war früher Garderobiere eines Varietéstars gewesen, und bei allen Tanzfestlichkeiten riefen die langen Handschuhe und die wallenden Abendkleider eine Flut von Erinnerungen in ihr wach. Max McIntosh, dessen Alter irgendwo zwischen fünfunddreißig und fünfzig lag, behandelte die nachlässige und doch so tüchtige Miss Patton mit jenem herausfordernden Spott, der beinahe schon an Verehrung grenzte.

Lou gefiel es hier – aber irgend jemand wollte sie vertreiben. Nicht halb unbeabsichtigt, wie die Kundin im Buchladen, oder unpersönlich wie der Bürovorsteher im Verlagshaus. Das Geflüster, das den Schutzwall ihrer veränderten Erscheinung und des angenommenen Mädchennamens ihrer Mutter durchdrungen hatte, war mehr als persönlich gewesen. Es hatte in einer gräßlichen, von ihr stets gefürchteten Weise intim geklungen.

Sie breitete ihren Badeanzug auf dem winzigen Rasen hinter ihrer Hütte aus und vermied es sorgfältig, zu Mrs. Damon hinüberzublicken, die auf dem Nachbarrasen Babysachen zum Trocknen über ein kleines Holzgestell hängte, das äußerste Zugeständnis des Clubs an eine Wäscheleine. Rosemary Damon schien selbst noch ein halbes Kind zu sein, aber schon aus der kürzesten Unterhaltung mit ihr ging hervor, daß sie alle jemals erschienenen Babybücher gelesen und völlig ernst genommen hatte. Sie war gewissenhaft, hübsch und ohne jeden Sinn für Humor; ihr Töchterchen behandelte sie, als habe sie es mit einer ganzen Station Schwerkranker zu tun.
Lou wollte gerade wieder in ihre Hütte zurückgehen, als eine Stimme die schläfrige Nachmittagsstille durchschnitt. »Wie geht's dem Baby, Mrs. Damon? Hoffentlich besser.«
Mrs. Giffords Stimme – scharf wie immer und äußerst verletzend.
»Danke, es geht ihr gut. Sie hat gerade ihre ganze Flasche –« Mrs. Damons eifrige Stimme brach ab, und es folgte ein verlegenes Schweigen; es war, als errötete sie. »Ich glaube, sie bekommt einen Zahn. Deshalb hat sie wohl in der Nacht geweint. Hoffentlich sind Sie dadurch nicht gestört worden. Ich renne schon immer so schnell wie möglich zu ihr, aber –«
»Ich habe einen sehr leichten Schlaf«, unterbrach sie Mrs. Gifford, und es klang, als sei sie geradezu stolz darauf. »Und auf dem Lande erwartet man natürlich . . . Haben Sie es schon einmal mit Opiumtinktur versucht?«
Alte Besserwisserin, dachte Lou auf dem Weg zu ihrer Hütte, und jetzt, wo sie den Heizofen ergattert hatte, suchte sie wohl nach neuen Gründen zur Klage. Die Hütte der Giffords lag auf der anderen Seite des Fahrwegs, und Mrs. Gifford konnte

daher das Kindergeschrei in den frühen Morgenstunden längst nicht so deutlich hören wie Lou. Und es wurde tatsächlich immer sofort Licht gemacht; Lou konnte sich lebhaft das Gebrumme des finster dreinblickenden Mr. Damon vorstellen.

Könnte es wohl Mrs. Gifford gewesen sein, die sie angerufen hatte?

Stimmen – das wußte Lou ganz genau – ließen sich nicht danach beurteilen, wie sie jetzt klangen oder über das Telefon in Mrs. Heffernans Arbeitszimmer geklungen haben mochten. Mrs. Gifford zum Beispiel: Gewöhnlich gebrauchte diese Frau ihre Stimme als Waffe. Wie würde sie aber klingen, wenn sie liebenswürdig und schmeichlerisch zu sein wünschte? Wie würde es sich anhören, wenn Mrs. Damon zornig oder angsterfüllt wäre? Die Sewards in Hütte drei waren so sanft und freundlich, daß sie kaum eine Stimme zu haben schienen; und doch war das zweifellos eine Täuschung. Und es mußte Zeiten geben, wo Mr. Appleford keine Spiele spielte und Mrs. Engstrand ihr hoheitsvolles Schweigen brach. Außerdem waren da noch Mrs. Engstrands Gesellschafterin, Mrs. Ames, offensichtlich eine Dame »in beschränkten Verhältnissen«, und Miss Lovett, die im Clubhaus wohnte.

Miss Lovett, mindestens fünfundvierzig, hatte ein schlichtes, rötliches Gesicht, war etwas schlampig, geschwätzig und auf den ersten Blick liebenswert. Lou, die alle Menschen unwillkürlich mit einem Hintergrund versah, gab ihr zwei alte Erbtanten, die demnächst sterben und ihr je eine halbe Million hinterlassen würden.

War es eine von ihnen? Oder vielleicht jemand unter den vielen sonnengebräunten jungen Frauen und Männern, die als Gäste der Mitglieder im Club verkehrten und zum Golf, Tennis oder Schwimmen eingeladen wurden? Der Anruf war um fünf Minuten vor elf angekommen, und die nicht im Club wohnenden Golfspieler erschienen gewöhnlich nach dem Lunch. Die Golfgebühren mußten im Büro entrichtet werden, und es war niemand zu diesem Zweck dort gewesen. Dennoch hob Lou den Hörer von der Gabel, hörte Miss Pattons näselnde, singende Stimme und bat darum, mit dem Golfladen verbunden zu werden.

Mr. Thurston, der Golfprofi, hatte ein selektives Auge – es entdeckte nur Fremde, die versuchten, sich vor der Golfgebühr zu drücken. Er nahm an, daß Lou darauf hinauswollte, und versicherte ihr, daß er sich den ganzen Vormittag entweder im Laden oder in dessen Nähe aufgehalten habe und niemand vorbeigekommen sei, der nicht hierhergehörte.
Und das bedeutete im Augenblick nicht weniger als die Sewards, die Appleford, Mrs. Gifford und Tochter, Miss Lovett, Mrs. Engstrand und Gesellschafterin, die Damons, die beiden ihr unbekannten Frauen im Foyer und letzten Endes, aber höchst unwahrscheinlich, Dana Mallory und ihr Vetter, Mr. Ingalls.
Es gab allerdings eine Möglichkeit, die Zahl zu verringern.

»Ob Sie helfen können?« erwiderte Miss Patton, erstaunt und dankbar, auf Lous entsprechendes Angebot. Es war acht Uhr abends. »Nun, wenn Sie unbedingt Ihre Zeit opfern wollen . . . Die Smithwicks kommen heute noch an. Max ist gerade zum Bahnhof gefahren. Sie haben –« hier nahm sie eine Karte aus dem Kasten, der auf Lous Schreibtisch stand, und einen Schlüssel mit Bakelitanhänger von dem darüber befindlichen Brett – »Zimmer Nummer elf. Wenn jemand den Major zu sprechen wünscht, fragen Sie, ob Sie etwas ausrichten können. Er darf nämlich nicht gestört werden. Ich selbst bin in der Küche.«
Das Büro wirkte am Abend auffallend anders; es herrschte Feierabendstimmung. Sein Lichtschein fiel schwach auf die Terrasse, wo Stimmen aus der warmen Dunkelheit erklangen, und ins Foyer, wo Leute herumstanden und unbestimmte Pläne schmiedeten. ». . . sprach von einer Fahrt dorthin, aber sie haben wieder diese abscheuliche Kusine zu Besuch, weißt du, die Frau mit den fürchterlichen Zähnen.« – »Jason Appleford, wie er leibt und lebt. Das ist Irene. Schatz, du erinnerst dich doch noch an Jason? Er war der wichtigste Mann bei unserer Hochzeit, der Brautführer.«
»Der zweitwichtigste Mann«, entgegnete Mr. Appleford galant. »Wollen wir uns darauf einen genehmigen, wie man so zu sagen pflegt?« Mit diesen Worten führte er die kleine Blondine zur Bar.

Das Telefon verhielt sich ruhig, und der Gesellschaftsraum blieb leer. Lou ging rasch durchs Foyer und die Treppe hinauf. Das Zimmer des Buchhalters lag gerade vor ihr auf dem ersten Treppenabsatz. Hier war das Einstellungsgespräch geführt worden, obwohl sie den Posten schon sicher in der Tasche hatte. Am ersten Tag mußte sie ein Namenverzeichnis der Clubmitglieder schreiben, und zwar auf einen Papierbogen, der so perforiert war, daß spaghettiartige Streifen entstanden, die später voneinander getrennt und in kleine Plastikhülsen geschoben wurden – für den Drehständer in der Rezeption. Man hatte ihr die Ablage der letzten Saison gezeigt, und sie erinnerte sich, daß ein Duplikat der Extrakosten an jede Karte geheftet war.
Sie hatte alle Namen im Kopf: Appleford, Damon, Engstrand, Gifford, Lovett, Seward – und, um ganz kühl und gründlich zu sein, Mallory.
Der zehnte Juni selbst war nicht so wichtig; wer auch immer hinter Veuchen stecken mochte, würde gerade an diesem Tag besonders vorsichtig gewesen sein. Aber das Lösegeld war am zwölften Juni übergeben worden, und wenn alle diese Leute um die Zeit hier gewesen wären, konnte da nicht ein Ferngespräch geführt worden sein, das ordnungsgemäß auf dem Blatt mit den Extrakosten eingetragen war?
Über dem fernen Geräusch eines Pingpongspiels und dem Gerede und Gelächter, das sie umschwirrte, hörte Lou, wie erschreckend nahe eine Tür leise geöffnet wurde. Eine Frauenstimme sagte: »Aber Sie können dessen nicht sicher sein, Mrs. E.«
»Stellen Sie sich doch nicht dümmer, als Sie ohnehin schon sind«, lautete die scharfe Antwort. »Sie hat das Telefon dort bedient, nicht wahr? Und wahrscheinlich die halbe Zeit über die Gespräche belauscht. Wir werden schön in der Patsche sitzen, wenn – würden Sie vielleicht so gut sein und die Tür schließen, Mrs. Ames, falls Sie Ihre Nagelpflege so lange unterbrechen können?«
Mrs. E.! Die gütige Mrs. Engstrand mit dem Mehrfachkinn, den schläfrigen, schildkrötengrünen Augen und dem endlosen Perlengeschlinge auf ihrem massiven Busen besaß also unter vier Augen eine Stimme so scharf wie ein Peitschenhieb.

Über Lous Haut glitt ein leichtes Kribbeln. Die Tür wurde geschlossen, und es war nichts mehr zu hören. Inzwischen war es zehn Minuten vor neun geworden.

»Wie sehe ich aus?« fragte Dana Mallory, während sie sich langsam vor Ingalls und Miss Rockett herumdrehte, die sie mit prüfenden Blicken betrachteten. Sie trug ein graues Chiffonkleid, kühl und still wie Wasser – bis sie sich bewegte und der Chiffon sie wie eine Wolke umschwebte. Ihr dunkles Haar glänzte, und der Lippenstift hob sich von ihrem ansonsten ungeschminkten Gesicht grell ab.
»Gut«, log Ingalls, und im selben Augenblick erklärte Miss Rockett barsch: »Nicht gerade wie das blühende Leben.«
Dana schmollte. »Mein abendliches Gelage«, sagte sie, aber ihre Stimme klang nicht so ganz leicht, wie sie wohl sollte, »ein wäßriger Whisky im Clubhaus, und ich glaube wirklich, ihr zwei würdet, wenn ihr könntet, mir den auch noch entziehen. Armer Sam, du wirst es sicher allmählich leid, Krankenschwester zu spielen, nicht wahr? Aber bald bist du erlöst. Übermorgen wird John hier sein.«
Sie griff nach ihrer Handtasche, und Ingalls erhob sich. Miss Rockett legte sich energisch ins Mittel: »Nicht so eilig«, und reichte ihr ein kleines Glas Orangensaft. »Ihre Tropfen.«
Dana trank den Orangensaft und schüttelte sich, als sie das leere Glas zurückgab. »Sie waren alle am Boden. – Ich werde in etwa einer Stunde zurück sein. Wie geht es Richard?«
»Schläft«, entgegnete Miss Rockett, ohne viele Worte zu verschwenden. Sie hatte Dana gleich nach Richards Geburt vom Krankenhaus nach Hause begleitet und war eine große Seltenheit, nämlich eine nicht sentimentale Säuglingsschwester. Wenn sie ihren Pflegebefohlenen je liebkoste, so geschah es in strenger Abgeschiedenheit. Ihr Gesicht unter dem kurzen, krausen, grauen Haar mochte lang und mürrisch sein, aber ihre Hände waren weich und einfühlsam. Ihr gefiel Danas durchsichtige Blässe ganz und gar nicht. Sie schüttelte den Kopf und tauschte einen besorgten Blick mit Ingalls, als sie an der Tür zur Seite trat.
Die Nacht war drückend schwül, als halte sie vor dem Regen den Atem an. Dana hatte sich allmählich daran gewöhnt, so

langsam zu gehen, als ob sie einen eisbedeckten Teich überquerte; Ingalls mußte immer wieder daran denken, seinen Schritt dem ihren anzupassen.
Auf halbem Weg zum Clubhaus, im Dunkel zwischen den in regelmäßigen Abständen angebrachten Lampen, trafen sie Lou Fabian. Ingalls erkannte sie eher als Dana, obgleich er nur den Klang ihrer Schritte hörte und sie als blassen Fleck gegen den dunklen Hintergrund sah. Sie blieben stehen. »Mein Gott, Miss Fabian«, rief Dana, »läßt man Sie denn Tag und Nacht arbeiten?« Lou Fabian schüttelte den Kopf und lächelte schwach. »Ich weiß nicht«, fuhr Dana fort, »ob Sie meinen Vetter kennen –«
Lou erwiderte lebhaft: »Ja, wir kennen uns. Hallo, Mr. Ingalls. Es sieht nach einem tüchtigen Regenguß aus, nicht wahr?« Und im nächsten Moment gingen sie wieder in entgegengesetzter Richtung weiter.
Es sah bestimmt nach Regen aus, dachte Ingalls, während er Lous rasch verhallenden Schritten nachlauschte. Seine blühende Phantasie gaukelte ihm schreckliche Bilder vor: Dana, bis auf die Haut durchnäßt, kopfschüttelnde Ärzte, John Mallorys abgehärmtes Gesicht, Miss Rockett mit der Bemerkung: »Er wußte, daß sie nicht gut aussah«, Dana, an Lungenentzündung gestorben, Richard ohne Mutter, John Mallory . . .
»Verdammt noch mal«, brummte Ingalls, als sie die erleuchtete Terrasse betraten, »ich gehe zurück und hole dir einen Mantel. Auf Wiedersehen in der Bar.«

Es war bezeichnenderweise die überall herumgeisternde Ruth Ann Gifford, die die Leiche im Wald entdeckte.

5

Mrs. Gifford hatte ihre Tochter gründlich in den mit Geld verknüpften Privilegien unterwiesen, und Ruth Ann war in jener Scheinwelt aufgewachsen, wo Kellner und Mädchen die bissigen Bemerkungen über ihre Dienste einfach einsteckten, wo Leute es natürlich fanden zu warten, bis sie bedient wurden – und nie darauf gekommen wären, mal selbst einen Finger zu rühren, wo die vom Glück weniger begünstigten Menschen sich nicht wehrten, wenn sie angestarrt und belächelt wurden. Mit dreizehn Jahren war Ruth Ann das genaue Ebenbild ihrer Mutter mit einem altklug – arroganten Zug auf dem breiten, weißen Gesicht und gelangweilten dunklen Augen. Aber sie besaß noch eine Waffe: ein ausgesprochenes Nachahmungstalent. Sie konnte hinken wie Bert, der älteste Clubkellner, und sich die Haare raufen wie das verzweifelte Mädchen, das Mrs. Gifford wegen eines nicht existierenden Vergehens entlassen hatte.

Um acht Uhr an jenem regnerischen Morgen gab Ruth Ann ihrer Mutter zu verstehen, daß sie in den Wald gehen würde, um die Vögel zu beobachten – eine Beschäftigung, die, wie es Mrs. Gifford ausdrückte, sich so reizend für das Land schickte, und sie ließ sich dazu überreden, Regenmantel und Gummischuhe anzuziehen. Dann machte sie sich auf den Weg, um ihrem persönlichen Zeitvertreib zu huldigen: vom Wald aus das Leben in den Hütten auszuspionieren.

Sie wußte selbst kaum, was sie sich davon versprach. Die Sewards waren zu alt, um interessant zu sein, und Mr. Appleford so freundlich, daß es bei ihm keinen Reiz besaß. Gern hätte sie gewußt, was in der Hütte der Damons vor sich ging, obwohl die Damons ja schon ein Baby hatten, und über Miss Fabian machte sie sich so ihre Gedanken. Mrs. Gifford hatte ein wenig herablassend-gönnerhaft geäußert: »Liebling, Miss Fabian ist auf ihre besondere Art attraktiv, hat von irgendwoher einen guten Knochenbau mitbekommen, und sie kann sich glücklich schätzen, unter ›anständigen Menschen‹ arbeiten zu dürfen. Die meisten Leute müssen eben ihren Lebensunterhalt verdienen, und das liegt ihnen auch am meisten.«

Ruth Ann hatte versucht, diese Äußerung mit Miss Fabians kühlem, durchdringendem Blick in Einklang zu bringen; es war ihr nicht gelungen. Aus diesem Grund widmete sie deren Hütte besondere Aufmerksamkeit.

An diesem Morgen gab es allerdings nichts zu sehen. Die Vorhänge hingen unbeweglich, die Türen blieben geschlos-

sen, und die Fenster reflektierten nur ein mattes, wäßriges Grau. Keine leidenschaftlichen Umarmungen gingen hier vor sich, kein männlicher Besucher schlich sich heimlich hinaus. Ruth Ann hatte ihre Hoffnungen eigentlich auch nicht so hoch geschraubt, aber das nur vom Gesang der Vögel unterbrochene Schweigen des Waldes, das feuchte Licht und das ständige Rieseln des Regens wirkten deprimierend auf sie.
Vielleicht war es bei den Damons doch noch interessanter, und sie machte sich wieder auf den Weg, wobei sie sich vorsichtig hinter den Bäumen versteckt hielt. Ihre Gummischuhe sanken in dem schwammigen, mit Tannennadeln dicht besäten Boden ein, traten auf einen herabgefallenen Zweig und dann – weil sie schon nach einem vorteilhaften Beobachtungsplatz Ausschau hielt – auf etwas, das unangenehm unter ihren Füßen nachgab . . .
Ihr Blick fiel auf eine Hand mit tastend gespreizten Fingern, wanderte zu dem dunklen Kopf, der irgendwie gebrochen aussah, und über das aufgeweichte, verrutschte graue Kleid. Dann schrie sie wie jede andere Dreizehnjährige, wirbelte herum, rutschte aus und rannte heulend davon.

Lou verband diesen Schrei mit einem wirren und sehr unangenehmen Traum. Sie stand auf, nahm eine Dusche und zog sich hastig an, da sie sich verschlafen hatte, aber eine schwache Erinnerung an den Traum klang noch in ihr nach, als sie den Fahrweg hinaufging, die nasse Terrasse mit den verregneten Petunien überquerte und die Tür zum Foyer aufschloß.
Miss Patton war im Büro, was um zwanzig Minuten nach acht höchst überraschend war. Lou ging weiter in den leeren Speisesaal, bestellte bei Bert Tomatensaft und Kaffee und erkundigte sich teilnahmsvoll nach seinen Füßen. Bert erklärte, seine Füße seien schrecklich. Um acht Uhr dreißig betrat Lou das Büro, während ihr Magen wie üblich rebellierte, nachdem er in raschem Wechsel eiskalte und kochendheiße Flüssigkeiten verkraften mußte.
Miss Patton stand am Schaltbrett und beantwortete gerade ein Licht, das Lou schon von weitem als Mrs. Giffords Signal erkannte. Miss Patton sagte: »Guten Morgen, Mrs. Gifford . . .« und hörte dann mit ausdrucksloser Miene zu. »Vo-

gelbeobachtung, sagten Sie . . .? Ah, ich verstehe. Wie interessant, kommen die selten vor?«
Das Telefon knackte, und die Atmosphäre im Büro änderte sich so abrupt wie in einer Druckkammer. Miss Patton erstarrte. Lou, die ihre Handschuhe gerade neben ihre Handtasche auf den Schreibtisch legen wollte, hielt sie statt dessen krampfhaft in der Hand. Sie sagte sich zwar, daß Mrs. Gifford jetzt wohl eine wirklich exzeptionelle Beschwerde ausgetüftelt habe, aber der Traum lastete noch auf ihr, und sie spürte mit großem Unbehagen, wir ihr Herz schneller klopfte.
»Sind Sie sicher?« fragte Miss Patton heftig. »Kinder übertreiben manchmal. Oh, ich weiß, Ruth Ann ist eine Ausnahme. Ja, ich werde sofort anrufen!«
Sie beendete das Gespräch mit der Hütte und ließ die Drähte zurückschnellen, während sie die Hände ungestüm vor das Gesicht preßte, um sich besser konzentrieren zu können. Dann, während Lou sie immer noch anstarrte, telefonierte sie mit Major Soames.
Auf der Treppe rief jemand: »Was für ein scheußlicher Tag! Ob die Post wohl schon da ist?« und Lou machte instinktiv einen Schritt nach vorn und hielt Wache. Hinter ihr sprach Miss Patton mit abgewandtem Rücken und gebeugtem Kopf in die mit der Hand abgedeckte Muschel: ». . . das Gifford-Kind, gerade vor ein paar Minuten . . . der Beschreibung nach besteht, fürchte ich, kein Zweifel . . . offenbar hinter Miss Fabians Hütte.«
»Was für ein Tag!« rief Mr. Appleford vergnügt. Er sah naß, aber sehr heiter aus. »Gießt wie mit Kübeln, wie? Aber ein richtiger Kerl läßt sich nicht unterkriegen.« Beim Geräusch der Foyertür flog er herum. »Hallo, Damon. Müssen den Tag irgendwie totschlagen. Sind Sie ein guter Pingpongspieler?«
Charles Damon blinzelte mit einem dunklen, verschlafenen Auge, brummte etwas vor sich hin und ging weiter in den Speisesaal. Mr. Appleford sagte tolerant: »Schlafmütze«, und wandte sich wieder an Lou. »Post schon da?«
»Gegen neun wird sie hier sein«, erwiderte Lou, die mit angespannten Nerven auf die Stille hinter sich lauschte, und war froh, daß Mr. Appleford mit einem aufmunternden »nur nicht den Kopf hängen lassen« davonschlenderte.

Lou wandte sich an Miss Patton. Im Schaltkasten rasselte es gebieterisch, aber keine von beiden rührte sich. Miss Patton erklärte mit tonloser, leiser Stimme: »Eine tote Frau liegt im Wald hinter Ihrer Hütte. Ruth Ann Gifford hat sie vor einer kleinen Weile gefunden. Es hört sich so an, als ob sie getötet worden sei.«
Sie schien aus ihrem tranceartigen Zustand zu erwachen und erhob sich, ohne Lou in die Augen zu blicken. Dann ging sie rasch in den Abstellraum und kam in einem Regenmantel wieder zum Vorschein. »Wo ist Max? Warum ist er nie da, wenn man ihn braucht? Kein Sterbenswörtchen über diese Sache, bevor es unbedingt erforderlich ist, Miss Fabian. Weiß der Himmel, wird sich schnell genug die Nachricht im Club verbreiten.« Sie band ihren Schal unter dem Kinn zusammen. »Ein Polizeileutnant ist auf dem Weg hierher, und ich treffe ihn in Ihrer Hütte. Bestellen Sie dem Major, daß ich da unten bin, und sehen Sie zu, daß Sie Max erreichen. Er muß den Major hinunterfahren; es gießt nämlich. Und dann soll er sofort wieder hierher zurückkommen . . .«
Sie mochte noch mehr gesagt haben; aber Lou hörte nicht länger hin. Sobald ihr schockartig bewußt geworden war, daß die Schreie nichts mit ihrem Traum zu tun hatten, blieb ihr keine Zeit mehr zum Denken. Am Schaltbrett ging es lebhaft zu: ein Anruf folgte dem anderen. Miss Lovett wollte die genaue Zeit wissen. Die Sewards erkundigten sich unschuldig nach ihrem Heizofen. Mrs. Engstrand verlangte, mit dem Zimmerdienst verbunden zu werden. Max rief vom Golfladen aus an, um zu erfahren, ob vor dem Lunch noch Gäste vom Bahnhof abzuholen seien. Ohne überhaupt einen Blick in den Drahtkorb zu werfen, erklärte ihm Lou, daß er sofort den Major fahren müsse.
Unmittelbar danach kam Major Soames die Treppe herab und benutzte den Hintereingang zum Büro, um den Gästen im Foyer aus dem Weg zu gehen. Er saß mit grimmiger Miene an seinem Tisch, starrte auf den durchweichten und verlassenen Golfplatz hinaus, atmete laut und zornig und sah mehrmals ungeduldig auf seine Uhr. Bald darauf fuhr der Kombi im strömenden Regen vor, und der Major stieg ein.
Eine tote Frau, hatte Miss Patton gesagt, und ihr Ton ließ auf

eine Fremde, eine Verirrte, eine lästige Person schließen. *Hinter Ihrer Hütte.* Aber eigentlich im Wald, dachte Lou; die Anspielung auf eine bestimmte Hütte war doch sicherlich nur ein Zufall.

Im Foyer kamen und gingen die Menschen. Abgesehen von einer leichten Ungeduld über die Verspätung der Post und der Morgenzeitungen verlief der Vormittag im Club unverändert. Das lag natürlich zum Teil an dem Regen; man war hauptsächlich damit beschäftigt, die für den Tag geschmiedeten Pläne zu ändern. Gegen halb zehn durchquerte Miss Patton mit langen Schritten das Foyer und betrat das Büro. Sie war blaß, und unter ihren blauen Augen lagen tiefe Schatten. Da sich jedoch eine kleine Gruppe von Frauen in der Nähe der Rezeption versammelt hatte, nickte sie Lou nur zu und erklärte einfach, daß Max draußen warte. Lou zog ihren Regenmantel an, ging raus und stieg in den Wagen.

»Man wünscht, daß Sie sich die Frau ansehen«, stieß Max kurz hervor. Er blickte wütend und angespannt vor sich hin, als habe die tote Frau geplant, den Club in Verruf zu bringen, und als gönne er ihr nicht das Fleckchen Erde, auf dem sie lag. Sonst äußerte er sich nicht weiter dazu, aber die Art seines Fahrens sprach Bände.

Das Polizeiauto stand auf dem grasbewachsenen Fahrweg neben der Hütte. Als Lou aus dem Kombi stieg, erschien ein uniformierter Polizeibeamter auf der Veranda. »Miss Fabian? Ich bin Lieutenant Corey. Wenn Sie bitte hierherkommen wollen . . .«

Es war kein langer Weg. Trotz des Regens und des matschigen Bodens erschien er Lou viel zu kurz. Der Lieutenant betrat den Wald und hielt die Zweige höflich für sie zurück. Dann sagte er: »Sie verstehen sicher, daß das notwendig ist, Miss Fabian. Kennen Sie diese Frau, oder haben Sie sie vorher schon einmal gesehen?«

Lou blickte hin und erklärte dann bestimmt: »Nein, Lieutenant.«

Eine Reihe von Leuten – Fotografen? andere Polizeibeamte? – schienen ganz kürzlich hier gewesen zu sein; die Löcher ihrer Absätze in dem weichen Schlamm begannen, sich mit Wasser zu füllen. Man hatte die tote Frau auf den Rücken gelegt. Es wurde von ihr natürlich als von einer Frau gesprochen, obwohl sie einen dünnen, mädchenhaften Körper besaß und ihr Gesicht den bitteren Ausdruck eines frühreifen Kindes zeigte. Es war von schwarzem Haar umrahmt, und die nassen Strähnen ließen entweder auf eine hochmodische Windstoßfrisur oder einen Versuch mit der Küchenschere schließen. Das konnte man bei diesen Haarschnitten nie so genau feststellen. Die Augenbrauen und Wimpern waren nur wenig dunkler als die müden Schatten unter den geschlossenen Augen.

Lou wandte sich ab und konzentrierte ihren Blick auf einen unter der Last der Regentropfen zitternden Zweig. Doch sofort sah sie auch dort das tote Gesicht – es schaukelte auf dem Zweig wie ein Schmetterling. Der Lieutenant fragte: »Sind Sie auch ganz sicher, Miss Fabian?«

»Unbedingt.« Die einzelnen Züge waren nicht auffallend, aber die Bitterkeit, die sie ausdrückten. »Wer ist es?«

Er zuckte die Achseln. »Bisher noch niemand. Sie sieht wohl nicht nach einem Mitglied des Clubs aus, wie?«

Das graue Kleid, Dutzendware, die weiße Kette und das Armband, die Brosche an der Schulter, die schwarzen, leichten Schuhe, die im Regen schon auseinanderfielen . . . Lou erwiderte bekümmert: »Nein, das glaube ich nicht.«

»Vielleicht jemand, der eine Beschäftigung suchte?«

Voller Erstaunen wurde sich Lou bewußt, daß er eigentlich gar nicht mit ihr redete, sondern sie vielmehr verhörte. »Ich fürchte«, erwiderte sie daher kurz, »ich kann Ihnen da nicht helfen. Das gehört nicht zu meinem Bereich. Kann ich nun wieder gehen?«

Ehe der Lieutenant antworten konnte, ertönte hinter Lou eine Stimme. »Mein Name ist Ingalls. Ich wohne im rosa Haus, gleich beim Eingang.«

»Guten Morgen, Mr. Ingalls«, begrüßte ihn der Beamte liebenswürdig und stellte sich vor. Weder der Regen noch der nicht weit von seinen glänzenden Stiefeln liegende entstellte Kopf schienen ihm etwas auszumachen. »Ist Ihnen diese Frau vielleicht jemals unter die Augen gekommen?«

Ingalls trat langsam näher und blickte auf die Tote. Der

Lieutenant schickte den Polizisten, der ihn begleitet hatte, fort mit der kurzen Aufforderung: »Holen Sie die übrigen.« Und Ingalls erklärte in einem Ton, der dem des Lieutenants an Liebenswürdigkeit nicht nachstand: »Nein, ich habe sie nie zuvor gesehen. Aber ich kann mir sehr gut vorstellen, wie oder vielmehr warum es passiert ist.«

Lou wurde nicht mehr benötigt, aber sie ging nicht sogleich fort. Ingalls unterhielt sich leise mit dem Beamten und erklärte ihm, daß die tote Frau, wer immer sie auch sei, sehr gut mit seiner Kusine, Mrs. Mallory, verwechselt worden sein mochte. »Die Farbe des Kleides, das Haar – Mrs. Mallory trug gestern abend ebenfalls Grau, und im Dunkeln . . . haben Sie eine Handtasche gefunden?«

»Noch nicht«, meinte Corey und fügte, lebhaft interessiert hinzu, daß er gern mit Mrs Mallory sprechen würde, worauf ein weiteres Gemurmel von Ingalls folgte, das in der Hauptsache aus Redewendungen zu bestehen schien wie: »Herz . . . weiß, daß Sie Verständnis haben . . . könnte Ihnen auch nicht mehr erzählen als ich.«

Daraufhin ging Lou. Unterwegs begegnete sie den Sewards, die von dem Polizisten begleitet wurden. Wie viele langverheiratete Leute sahen sie eher aus wie Bruder und Schwester, uninteressant, freundlich und in diesem Augenblick etwas unglücklich.

Über die Sewards machte sie sich im Moment allerdings kaum Gedanken, da sie immer noch baß erstaunt war über etwas, das der Lieutenant in seinem Eifer, Befehle zu erteilen, übersehen hatte. Es ließ sich kaum definieren – ein zu starrer Blick? Ein Reflex der Muskeln um seinen Mund?

Ingalls wußte jedenfalls sehr gut, wer die tote Frau war.

6

Von Max und dem Kombi war weit und breit nichts zu sehen. In großer Hast – hin und wieder sogar im Laufschritt – eilte Lou in dem grünlichwäßrigen Licht unter den Ulmen des Fahrwegs dahin. Ihr Schock, ihre Erschütterung standen in keinem Verhältnis zu dem, was sie soeben gesehen hatte; selbst in diesem Augenblick war sie sich dessen bewußt. Die Tote, die da im Regen lag, war ihr völlig fremd, und sie, Lou, hatte einen zufälligen Blick in die Welt des Verbrechens getan – woher rührte dann also ihre eigene hämmernde Furcht, als gehöre das fremde Gesicht irgendwie in die Nähe ihrer Hütte? Jetzt würde die ganze Geschichte wieder von vorn anfangen: die Polizei, die Zeitungen und die Entlarvung – so würde es nämlich aussehen – von Louise Royce. Am vernünftigsten wäre es vielleicht, wenn sie sofort zurückliefe und dem Lieutenant alles selber erzählte, bevor er es von anderer Seite hörte. Vielleicht aber bekannte sich schon jemand zu dem Mord – das kam doch vor, nicht gerade häufig, aber manchmal –, oder die Frau war aus einem Milieu, das mit dem Coastline Club oder einem anderen Menschen hier nichts zu tun hatte?

Es waren alles Scheinargumente – wie die Gründe, die einen Menschen aus dem Wartezimmer des Zahnarztes treiben, aber sie genügten vollkommen, um Lous Schritte zu beflügeln und sie vom Tatort wegzulenken. Beim Klang ihres Namens, der über die Millionen kleinen Regengeräusche zu ihr drang, war ihr daher, als klopfe eine gebieterische Amtshand ihr auf die Schulter.

Lou blieb zögernd stehen, drehte sich langsam um und sah Ingalls eilig durch den Regen auf sie zukommen. Dann stand er auf einmal neben ihr, und sie wurde sich plötzlich völlig überflüssigerweise ihres zerzausten, nassen Haars bewußt. Aber unter seinem intensiven Blick hätte keine Macht der Welt sie dazu bewegen können, die Hand zu heben und es zu ordnen; dennoch mußte sie die Hände in ihren Taschen fest zusammenballen.

Ingalls sprach betont gelassen. »Dana hat sich anscheinend gestern abend erkältet und hütet heute das Bett. Sie bat mich, Sie zu fragen, ob Sie sie heute nachmittag wohl besuchen möchten, falls Sie Zeit haben.«

Hatte er wirklich, nur um ihr das zu sagen, ihren Namen in so scharfem, eindringlichem Ton gerufen, wo es doch für Dana Mallory ein leichtes gewesen wäre, einfach den Hörer abzuheben und sie im Clubhaus anzurufen? »Gern«, sagte Lou etwas steif und drehte den Kopf, als sie Stimmen nahen hörte. Der

dunkle Tag und die dicht stehenden Ulmen hatten ihnen die Illusion vermittelt, völlig allein zu sein, aber die Applefords und die beiden redseligen Frauen aus dem Foyer des Clubhauses waren ihnen während der ganzen Zeit auf den Fersen gewesen.
Es fand eine allgemeine Begrüßung statt. Eine der Frauen, eine rundliche, gewitzte Vierzigerin mit metallisch glänzendem Haar und bemerkenswerten Augenbrauen hatte süße Flötentöne für Ingalls und einen liebenswürdig-schneidenden Blick für Lou. »Mr. Ingalls, nicht wahr? Und – aber natürlich, Miss . . .«
Dann waren sie fort. Ingalls blickte Lou an, als sähe er sie nicht, und sagte rasch: »An Ihrer Stelle würde ich meine Hütte durchsuchen, ehe die Polizei es tut.«
Lou fühlte eine unglaubliche Röte in ihr Gesicht steigen. »Warum?«
»Nennen Sie es eine Ahnung«, erwiderte Ingalls. Sein Blick war schärfer geworden. Es war, als versuche er, eine komplizierte geometrische Aufgabe zu lösen. Dann gab er den Versuch auf und sagte mit müder, geduldiger Stimme: »Sie können es auch lassen. Ganz wie Sie wollen.«
Die plötzliche Gleichgültigkeit war verletzend. Aber er war ja auch, dachte Lou, ein ganz anderer Mann als gestern: älter, kälter, das Gesicht verschlossen und freudlos. Die tote Frau, wer sie auch sein mochte, hatte viel für ihn bedeutet. Lou stieß unüberlegt hervor: »Sie haben sie erkannt, nicht wahr?«
Der Regen sickerte durch die Ulmenblätter und tropfte zwischen ihnen herab. Wenn Ingalls einen Donnerkeil gehabt hätte – das wurde Lou später klar –, hätte er ihn in dem Moment geschleudert. Aber der Augenblick zog sich in die Länge und ging vorüber. Und Ingalls entgegnete mit eisiger Höflichkeit: »Nein, ich nicht. Sie etwa?«

Major Soames, der durch die unvorschriftsmäßigen Begebenheiten in seinem Wald in düstere Wut versetzt worden war, hatte nicht mit seinen Gästen gerechnet. Als Lou wieder im Clubhaus anlangte und die Glastüren hinter sich schloß, gegen die der Regen prasselte, herrschte im Foyer und im Gesellschaftsraum eine milde, angenehme Erregung.

Die für die Öffentlichkeitsarbeit des Clubs zuständige Journalistin war auf Wunsch erschienen und hatte sich an einem Tisch in einer abgelegenen Ecke des Büros häuslich niedergelassen. Alle Lichter brannten, um die Finsternis des Regentages zu verscheuchen, und da die Türen an beiden Enden des Foyers geschlossen waren, erfüllten die frischen roten und weißen Nelken in den großen Vasen den Raum mit einem immer stärker werdenden Duft. Die Blumen, die Lichter und die gedämpfte Lebhaftigkeit erinnerten Lou an einen eher heiteren Leichenschmaus.

Eine Reihe von Clubregeln war unwillkürlich verletzt worden. Eine geradezu entsetzliche Übertretung war die Anwesenheit von Mitgliedern im Büro: Miss Lovett saß auf Major Soames' sakrosanktem Tisch und plauderte mit Mrs. Engstrands Gesellschafterin. Miss Patton, die sie unter normalen Umständen mit freundlichem, aber bestimmtem Lächeln hinausbefördert hätte, war im Gesellschaftszimmer und beschwichtigte Mrs. Engstrand. Der Barmixer stand in dem Bogengang, der zur Bar und zum Speisesaal führte, und plauderte liebenswürdig mit ein paar Fremden – wahrscheinlich waren das die Smithwicks. Nach den heftigen Bewegungen und dem dramatischen Augenrollen zu urteilen, beschrieb er offenbar eine Erdolchung.

Der Schaltkasten ratterte, als Lou das Büro betrat. Miss Lovett und Mrs. Ames verließen nur zögernd den Raum. Eine Bridgeporter Zeitung war am Apparat, und Lou leitete den Anruf an die Journalistin weiter, die sich dann als Jane McNamara vorstellte. Es schnarrte wieder: Mrs. Gifford bestand darauf, daß Ruth Anns Name nicht in den Zeitungen erwähnt würde.

». . . ein Schock für jedes Kind, aber Ruth Ann ist besonders zart besaitet«, erklärte Mrs. Gifford herausfordernd. »Wirklich, Miss Fabian – und das können Sie Herrn Major Soames ruhig ausrichten –, wenn ich wüßte, wo Mr. Gifford zu erreichen ist, der sich ja auf dem Weg zu uns befindet, würden wir sofort abreisen. Es scheint mir doch tatsächlich . . .«

Lou legte den Hörer ganz leise auf den Tisch und blickte mit zusammengepreßten Lippen zum Fenster hinaus. Als sie ihn wieder in die Hand nahm, schloß Mrs. Gifford gerade in drohendem Ton: »Ich weiß nicht, was Mr. Gifford dazu sagen wird.«

Mrs. Giffords Stimme, dachte Lou erschöpft, ist wie eine Bühnenwaffe, ein Gummidolch, mit dem Mrs. Gifford ihren Gegnern gern vor dem Gesicht herumfuchtelt, um sich abzureagieren. Lou versicherte ihr, daß bestimmt alles getan werde, um das öffentliche Interesse an dem Fall auf ein Mindestmaß zu beschränken, und legte auf. Dann entdeckte sie, daß Jane McNamara sie mit amüsierten Blicken betrachtete.

»Derselbe alte, reizende Verein«, bemerkte die Journalistin trocken. Ihre Stimme klang heiser und gedämpft. »Wie geht es Mrs. Engstrand – kürzlich wieder an den Vorhängen hochgeklettert?«

Lou war leicht schockiert. »Es ist mir nicht bekannt, daß sie an Vorhängen hochklettert. Ich bin erst seit zwei Wochen hier.«

»Sie kamen mir auch ziemlich frisch und unverbraucht vor«, gestand Miss McNamara nach einem kritischen Blick. »Meiner Ansicht nach ist sie total verrückt, aber sie kann sich eine Gesellschafterin anstelle eines Wärters leisten. Ist Ihnen je aufgefallen, daß die Perlenkette, die sie sich mit all dem anderen Tand um den Hals hängt, ein Vermögen darstellt?« Sie zündete sich eine Zigarette an, und in ihre vorstehenden, leuchtend blauen Augen trat ein nachdenklicher Zug. »Ich sollte ja eigentlich wütend sein. Na, kein Unglück ist so groß, es trägt ein Glück im Schoß. Das Tamtam in der Presse müßte der ›Alten Mutter Kildoon‹ guttun.«

Lous Finger, die wieder einmal an einer Speisekarte tippten, hörten mitten im Wort auf. »Wem?«

»Mrs. Seward«, erwiderte Jane McNamara und warf ihr einen merkwürdigen Blick zu. »Sie müssen sie doch kennen, oder sehen Sie sich keine Reklameschnulzen an, während Sie Kuchen backen? Du meine Güte, niemand erzählt Ihnen offenbar etwas. Mrs. Seward war früher die ›Alte Mutter Kildoon‹, die verständnisvolle Schwiegermutter der jungen Mrs. Kildoon, bis der das Programm finanzierende Fabrikant ihre Rolle streichen ließ. Sie soll eine ganz gute Schauspielerin gewesen sein, obwohl man ihr das gar nicht ansieht.«

Die uninteressante, ältliche Mrs. Seward, die aussah wie einer Reklame für Pfannkuchenmischung entsprungen! Und wie aus weiter Ferne hörte Lou Maude Heffernan zu ihrem Mann sagen: »Lieber Harmon, du kannst doch sicherlich etwas für die arme Frau aus dem Kildoon-Programm tun. Schließlich sitzt du im Vorstand.«

Harmon Heffernan hatte ihr schonend beigebracht, daß Vorstandsmitglieder nichts mit der betreffenden Abteilung zu tun hätten, und das Thema wurde nicht wieder angeschnitten.

Lous Haut kribbelte wie am Abend zuvor. Die Kartei hatte ihr verraten, daß die Giffords, die Sewards und die Applefords im letzten Jahr in der Woche um den zehnten Juni herum hier im Club gewesen waren. Und das Buch, in das die Telefonate eingetragen wurden und das man aus Sparsamkeitsgründen für die nächste Saison aufbewahrt hatte, enthielt noch die Kopien von drei Gesprächen mit New York und zwei Gesprächen mit New Jersey, die am zwölften Juni geführt wurden – dem Tag, da das Lösegeld für Amy Heffernan bezahlt worden war.

Die Nummern standen auf einem Zettel, den Lou in ihrer Handtasche trug, und die Namen der Fernsprechämter hatten sich ihrem Gedächtnis ebenfalls genau eingeprägt: Algonquin, Longacre, Trenton Fields. Höchstwahrscheinlich waren die Gespräche völlig harmlos.

Aber würde der im Hintergrund lauernde Auftraggeber von Veuchen nicht begierig sein zu erfahren, ob das Lösegeld, wie vereinbart, kassiert wurde oder nicht?

Über ein Jahr lang hatte Lou im Geiste hartnäckig immer wieder ein und dasselbe Bild gesehen: das blumenumrandete Fenster von Mrs. Heffernans Arbeitszimmer, den friedlichen, sonnenbeschienenen Rasen und den Kinderwagen. Nun schob sich das Gesicht der toten Frau im Wald wie eine durchsichtige Folie darüber.

Vielleicht gehörte es überhaupt nicht dahin. Es gab Leute, die zu Unfällen neigten; gab es etwa auch Menschen, die Verbrechen anlockten? Dann hätte ja die Entführung von Amy Heffernan nichts zu tun mit dem Mord im Wald hinter Lous Hütte, und das geflüsterte »Ich weiß, wer Sie sind« wäre in dem Fall kein Bindeglied zwischen zwei Szenen, sondern gewissermaßen nur ein grausiger Zufall.

Möglich, dachte Lou, aber nicht wahrscheinlich.

Das Clubauto fuhr vor, und die Applefords stiegen aus – Mr. Appleford ungewohnt bleich, seine Frau völlig gelassen. Eine

kleine Delegation war nötig, um Mrs. Engstrand davon zu überzeugen, daß sie unbedingt einen Blick auf die Leiche werfen müsse. Aber schließlich wurde ein geräumiger Regenmantel aufgetrieben, in den man sie mit Hilfe von Reißverschlüssen, Knöpfen und Bändern so sorgfältig verpackte, als ob sie als Postpaket irgendwohin verschickt werden sollte. Miss Lovett, die schon in einem Regenmantel steckte, verfolgte diese Prozedur mit Interesse. Mrs. Ames, von der Anstrengung ein wenig außer Atem, legte sich selbst nur einen Sweater um die Schultern, und dann setzte sich der Konvoi in Bewegung und stieg in das wartende Auto.
Würde eine von ihnen die Frau im Wald erkennen – und wenn, würde sie es zugeben?
Ingalls hatte es nicht zugegeben.
». . . wahrscheinlich eine Hausangestellte aus einer der Sommervillen«, hörte sie Miss Patton im Foyer sagen. Es klang gleichgültig und etwas ärgerlich. »Wir sind in der Bar, Miss Fabian . . . kommst du mit, Jane?«
Jane McNamara schloß sich an. Getränke auf Kosten des Hauses, dachte Lou, um die Unannehmlichkeiten der Leichenbesichtigung vergessen zu machen – aber trotz ihrer zur Schau getragenen Gleichgültigkeit benötigte Miss Patton den Beistand der Journalistin. Major Soames hatte sich offenbar in sein Zimmer verkrochen und der Regen die sonst hier ein- und ausgehenden Gäste der Mitglieder ferngehalten. Lou verband sich mit dem Postamt, meldete ein Ferngespräch an und zog den Papierfetzen aus ihrer Handtasche.
Sie begann mit der Nummer von Longacre und füllte gewissenhaft einen Gebührenzettel aus, während sie wartete. Miss Patton hatte am zwölften Juni letzten Jahres dieses Gespräch für Mrs. Seward in die Wege geleitet; ihre kühnen, schrägen Initialen zierten vorschriftsmäßig die Kopie, die Lou nicht aus dem Gebührenbuch zu entfernen gewagt hatte.
Eine weibliche Stimme ertönte so plötzlich am Apparat, daß Lou ganz überrascht war. Sie fragte aufs Geratewohl: »Ist Mrs. Brisbie zu Hause?«
»Wer?« Die Stimme gehörte anscheinend zu einer ältlichen, ein wenig schwerhörigen Frau, die auf Lous wiederholte Frage unwirsch antwortete: »Sie haben eine falsche Nummer ge-

wählt, junge Frau. Dies ist die Wohnung von Mr. und Mrs. Seward.«
Hatte sie von den sanften, freundlichen Sewards wirklich etwas anderes erwartet? Ohne auf die automatische Gebührenangabe des Telefonisten zu warten, verlangte Lou die Algonquin-Nummer. Das waren die Applefords, ebenfalls am zwölften Juni.
Ein sehr kleines Kind kam an den Apparat und atmete geräuschvoll in die Muschel, bis eine helle Stimme, offenbar die eines Dienstmädchens, die Unterhaltung weiterführte. Nein, die Applefords wären nicht zu Hause, sie würden noch zwei Wochen in Connecticut bleiben. Sollte sie etwas ausrichten?
Lou wurde sich plötzlich bewußt, daß sie so keinen Schritt weiterkam. Wenn jemand von diesen Leuten mit Veuchen in Verbindung gestanden hätte, wäre die ganze Sache wohl vorher abgemacht und die Nachricht durch einen Vermittler, der vielleicht selbst nichts von den wahren Zusammenhängen wußte, weitergeleitet worden. Aber weil sie sich nun einmal die Aufgabe gestellt hatte, ließ sie sich hartnäckig auch noch die Nummer von Trenton Fields geben.
Sie wollte gerade den Hörer auflegen, als eine Frau antwortete. Sie schien gereizt und atemlos, als sei sie eilig eine Treppe hinauf- oder hinabgelaufen, und als Lou mit der sagenhaften Mrs. Brisbie aufwartete, schnauzte sie: »Hier wohnt keine Mrs. Brisbie.«
»Aber ist dort nicht die Wohnung der Brisbies in der Eleventh Street?«
»Hören Sie mal, ich kann nicht den ganzen Tag am Apparat stehen. Hier ist die Pension ›Field View Arms‹ – die Stimme wurde aggressiv –, »und wir haben hier keine Brisbies, weder Mr. noch Mrs. Wir haben einen Crosby, wenn Sie mit dem reden wollen.«
Lou lehnte ab und legte den Hörer sanft auf. Eine Pension, und die Besitzerin oder Leiterin eine Giftnudel. Veuchen hatte in New Jersey in einer Pension gewohnt . . . und das Gespräch war von Haus sechs geführt worden.
Die Giffords.
Ohne aufzublicken, blätterte Lou im Gebührenbuch zurück, um sich zu vergewissern, und starrte bestürzt auf die vom

dreizehnten Juni datierte Kopie. Max hatte die Verbindung hergestellt. Es war kein langes Gespräch gewesen wie die anderen, die sich auf über zwei Dollar beliefen, sondern kurz und sachlich: siebzig Cent. Max hatte keine Übung in Schreibarbeiten; er hatte den Namen nicht ausgefüllt und eine ungeheure 6 so hingesetzt, daß sich nicht erkennen ließ, ob es Zimmer Nr. 6 oder Haus Nr. 6 bedeutete.

In Haus sechs wohnten damals die Giffords. Wer aber für den kurzen, wichtigen Zeitraum Zimmer Nr. 6 im Clubhaus bewohnt hatte, das würde sich nicht so leicht feststellen lassen.

Lou konnte nicht sagen, wann genau sie spürte, daß jemand sie bereits eine Zeitlang beobachtete – und belauschte. Sie schloß das Gebührenbuch, als habe sie sich daran die Finger verbrannt, und wandte sich Ingalls zu, der an der Rezeption stand. Er war nichtssagend und höflich wie ein Fremder. In seinen Augen lag Eiseskälte, als er fragte: »Ist die Post schon da?«

»Nein –« Dummerweise stürzte Lou sich in Erklärungen: Max habe die Leute zwischen Clubhaus und Wald hin- und herfahren müssen und war noch nicht in die Stadt gekommen. Ingalls unterbrach sie mit einem kühlen Nicken. »Soll ich Mrs. Mallory sagen, daß Sie sie heute nachmittag besuchen werden?«

Nicht »Dana« oder »meine Kusine« wie sonst. Lou errötete leicht bei dieser formellen Ausdrucksweise, dieser kalten Mahnung, daß sie ihre Stelle und ihre Anonymität hier Dana Mallory verdankte. Sie gab ihm gelassen zur Antwort: »Ja, Mr. Ingalls. Sobald ich meine Hütte durchsucht habe.«

Das besorgte sie dann auch mit grimmiger Miene um ein Viertel nach vier. Sie hob Kissen auf, zog Schubladen heraus, als ob sich eine Kobra irgendwo versteckt haben könnte. Ingalls' Verhalten hatte sie davon überzeugt, daß sie etwas finden würde. Trotz aller Vorbereitungen war sie dann doch höchst erstaunt, als sie den Revolver im Wäscheschrank entdeckte.

7

Es war ein sehr kleiner Revolver. Lou hatte gehört, daß solche Waffen oft mit einem Kinderspielzeug verglichen wurden. Doch diese Waffe hatte nichts Kindliches oder Unschuldiges an sich. Ihre Winzigkeit ließ sie eher noch gefährlicher erscheinen.

Aber die Frau im Wald war nicht erschossen worden. Man hatte sie mit irgendeinem Gegenstand auf den Hinterkopf geschlagen. Ein Revolver hatte zwei Enden. Wäre dieser lang und schwer genug dafür?

Lou wickelte den Revolver in ein Handtuch. Sie hatte ihn nicht berührt; darauf hatte sie sorgfältig geachtet. Nachdem sie eine Weile ausdruckslos auf die geschlossene Schranktür gestarrt hatte, kehrte sie in den winzigen, vom Regen verdunkelten Wohnraum zurück und schlug das Telefonbuch auf.

Die Polizei mußte von dem Revolver in Kenntnis gesetzt werden, ebenso von der Tatsache, daß sie Louise Royce war. Es ihnen zu verheimlichen, hieße, sich in große Gefahr begeben. Sie hätte nur schon früher ihren Mund aufmachen sollen. Unschuldige Menschen hatten ja nichts zu befürchten – aber das war auch wieder so ein Ammenmärchen; denn vor einem Jahr hätten ihr die Zeitungen aus einem verzweifelten Spaziergang im Regen und einem aufgedrängten Cocktail beinahe einen Strick gedreht.

Wenn sie jetzt versuchte, davonzulaufen – hatte die flüsternde Stimme das etwa bezweckt? – oder den Revolver beiseite zu schaffen, würde es nicht bei den Zeitungen bleiben. Sie mußte halt ein Gebet zum Himmel schicken, daß Lieutenant Corey mit seiner kalten, kompetenten Miene ihr glauben möge, daß die tote Frau ihr völlig fremd sei und daß sie nie zuvor einen Revolver aus solcher Nähe gesehen habe. Lou hob den Hörer ab, vernahm Miss Pattons Stimme und nannte die Nummer der Polizeiwache.

Miss Patton erkannte die Nummer sofort. Es erfolgte nicht das übliche Schwirren und Klicken der Drehscheibe. Statt dessen herrschte betroffenes Schweigen. Dann kam Miss Pattons vorsichtig gesenkte Stimme: »Wenn es sich um – diese Angelegenheit handelt, Miss Fabian, sollten Sie meiner Ansicht nach

zunächst einmal mit mir oder Major Soames darüber sprechen. Soviel Rücksichtnahme können die Mitglieder wohl erwarten.«
»Es ist eigentlich mehr – persönlich«, erwiderte Lou. Man konnte doch sicherlich einen Revolver, den man in seinem Wäscheschrank vorfand, als eine persönliche Angelegenheit betrachten. Miss Patton zögerte noch ein wenig, dann verband sie Lou mit der Polizeiwache.
Lieutenant Corey war nicht da. Lou zwang sich zu der Frage, wann er wohl zurück sein würde. In etwa einer Stunde, bekam sie zur Antwort. Sie ließ ihm ausrichten, daß sie angerufen habe. Dann nahm sie eine Dusche, zog sich ein dünnes, kühles Seidenkleid an, schlüpfte in ihren Regenmantel und machte sich auf den Weg zu Dana Mallory.

Die große Kinderschwester, deren Gesicht unter einem enganliegenden, geblümten Turban noch finsterer wirkte als gewöhnlich, öffnete ihr die Tür des rosa Hauses und führte sie schweigend in Mrs. Mallorys Schlafzimmer, das im ersten Stock lag. Mißbilligung umschwebte sie wie eine Wolke, und Lou, die überhaupt gar keine Lust gehabt hatte zu kommen, spürte, wie ein leiser Zorn in ihr hochkam. Erst Ingalls' bewußte Kälte und nun dies . . .
Dana Mallory, die mit vielen Kissen im Rücken unter einer grünseidenen Steppdecke ruhte, war dagegen voller Wärme, Leutseligkeit und Redelust, als habe sie Lous Reserviertheit beim Eintritt gespürt. »Es ist sehr freundlich von Ihnen, mich zu besuchen – darf ich Sie Lou nennen? –, und noch dazu an einem so gräßlichen Tag, aber ich dachte, wir könnten uns gegenseitig etwas Gesellschaft leisten. Kommen Sie nicht zu nah an mein Bett; ich habe eine schauderhafte Erkältung. Leider habe ich Ihnen keinen allzu großen Gefallen getan, nicht wahr? Vom Regen in die Traufe.«
Es dauerte eine Weile, bis Lou verstand, daß Mrs. Mallory von dem Mord im Wald sprach, und dann überlegte sie sich, warum sie gerade diesen Ausdruck gewählt hatte.
»Ich meine«, begann Dana Mallory erneut und brach ab, als die Schwester energisch ins Zimmer trat. »Doch nicht etwa schon wieder, Miss Rockett?«

»Aber sicher«, lautete die brüske Antwort. Sie ging zur Kommode, nahm das Thermometer aus dem Wasserglas, schüttelte es, las es ab und marschierte damit zum Bett. »Sie haben zweimal Lungenentzündung gehabt, das wissen Sie doch, und jetzt müssen Sie an Ihr Baby denken. Also wollen wir doppelt vorsichtig sein. Und wenn ich nur an die vergangene Nacht denke, die ich mit Ihnen zugebracht habe! Sie haben sich beinahe die Lunge aus dem Leib gehustet.«
Dana Mallory machte gehorsam den Mund auf. Ehe das Thermometer hineingeschoben wurde, fragte sie noch schnell: »Was hält man im Clubhaus von der ganzen Geschichte?«
Wegen der Dunkelheit des regnerischen Nachmittags brannte im Zimmer schon Licht, das weich auf die Apfelblüten der Tapete fiel. Auf dem Fußboden lagen geknüpfte mattrosa Teppiche. Der Behang des Frisiertisches und die Vorhänge waren aus Chintz und paßten genau zum Muster der Tapete. Der Nachttisch war gleichzeitig ein kleiner, gut ausgestatteter Bücherschrank mit vielen farbigen Bänden. Es war ein schützender Raum für eine wohlbehütete Frau. Lou blickte forschend in das blasse, gespannte Gesicht in den Kissen und entschied sich für einen leichten Ton bei ihrer Schilderung. Zuerst, erklärte sie, sei das Gerücht umgegangen, man habe Ruth Ann Gifford bei ihren Vogelbeobachtungen erschlagen, und jemand in der Bar solle gemurmelt haben: »Es ist ja schrecklich, daß man so was von einem Kind sagen muß, aber sie hat's ja nicht anders gewollt.« Wer die Tote sei, wisse niemand zu sagen, aber man vermute, es handele sich um eine Hausangestellte aus einer der Sommervillen.
Dana Mallory runzelte die Stirn über diese Bemerkung, als wolle ihr das nicht so recht einleuchten. Dann nahm ihr die Schwester das Thermometer aus dem Mund, las es ab und reichte es ihr schweigend zurück.
»Neununddreißig? Das ist doch nicht so hoch«, meinte Dana, aber aus ihrer Stimme klang eine leichte Besorgnis. »Wie geht es dem Baby, Miss Rockett? Soll ich auf alle Fälle Dr. Crandon in New York anrufen?«
»Dem Baby geht es ausgezeichnet«, antwortete Miss Rockett in bestimmtem Ton. »Schläft wie ein kleiner Engel. Daran

könnten sich gewissen Leute ein Beispiel nehmen. Sie, Mrs. Mallory, brauchen ein Aspirin, viel Flüssigkeit und *Ruhe.*«
Bei diesen Worten sah sie Lou scharf an, und Lou verstand den Wink. Es kam ihr auf einmal deutlich zu Bewußtsein, daß an der Geschichte mit der Toten etwas war, das Dana wegen ihres Herzens nicht wissen oder zumindest nicht unvorbereitet erfahren durfte. Daher der kalte Blick von Ingalls. Lou erhob sich rasch. Im selben Augenblick bewegte sich eine schattenhafte Figur im Türeingang, und vom Bett her ertönte Danas Stimme: »Lieber Sam – hoffentlich mit neuen Nachrichten. Aber erst gibst du Lou, Miss Fabian, etwas zu trinken.«
»Danke, ich kann wirklich nicht –«, begann Lou, doch Dana Mallory schnitt ihr das Wort ab. »Aber selbstverständlich.« Und Ingalls fragte: »Whisky oder Korn?«
Wie so oft bei unwichtigen Dingen, wurde großes Aufhebens von ihrer Weigerung gemacht, bis sie schließlich ratlos nachgab: »Dann bitte einen Whisky.« Sie hatte den flüchtigen Eindruck, als sei das Gesicht der Schwester ein wenig verständnisvoller geworden. Ingalls verschwand und kehrte bald darauf mit zwei altmodischen Gläsern zurück. Dana trank mit einem kläglichen Lächeln Ananassaft mit einem Aspirin.
Die Schwester verließ das Zimmer, und sofort wandte sich Dana an Ingalls. »Spann uns nicht länger auf die Folter. Was hat man inzwischen entdeckt?«
»Nicht sehr viel«, entgegnete Ingalls. Er saß in einem zierlichen grünen Sessel, den er offenbar sehr unbequem fand. »Man hat die Handtasche der Frau gefunden, die jedoch nichts enthielt, was über ihre Person Aufschluß geben könnte. Es hat den Anschein, als habe ihr jemand einen zu heftigen Schlag versetzt und dann reinen Tisch gemacht. Wahrscheinlich ein kleiner Gauner, der gar nicht die Absicht hatte, sie zu töten.«
Sein Gesicht, dachte Lou, zeigte einen leeren, gelangweilten Ausdruck. Von ihrem Bett aus konnte Dana nicht sehen, daß seine Hand sich so um die Lehne des Sessels krampfte, daß die Knöchel weiß hervortraten. Warum wohl? Weil die tote Frau mit seiner Kusine verwechselt worden sein mochte? Oder weil sie ihm sonst irgendwie nahestand?
Als habe sie Lous Gedanken gelesen, sagte Dana Mallory interessiert: »Aber Sie haben mir eigentlich nichts Genaueres

erzählt – war sie zum Beispiel jung? Hübsch?«
Ingalls warf Lou einen Blick zu wie einem Tennispartner, mit dem man ungern, aber notgedrungen zusammenspielte. Lou antwortete: »Nun, jung . . .«, und wieder erschien vor ihrem inneren Auge das Gesicht auf dem durchweichten Moos. Das sehr dunkle Haar und die klare, blasse Haut der Toten ließen auf braune Augen schließen. Es hing alles von den Augen ab. Gesichter mit geschlossenen Lidern verloren neun Zehntel ihres Ausdrucks. Entweder war sie auffallend schön oder doch nur eine Durchschnittsbrünette.
Nach Ingalls' angespannter Miene zu urteilen, dachte Lou, mußte sie auffallend schön gewesen sein. Aber das spielte nun keine Rolle mehr; niemand kümmerte sich darum. Ganz andere Dinge traten jetzt in den Vordergrund: Grad der Totenstarre, Mageninhalt, Beschaffenheit der Wunde.
Der zweite Teil von Danas Frage blieb unbeantwortet, aber es fiel niemandem auf. Lou setzte das halb geleerte Glas auf den Tisch und stand fest entschlossen auf, um sich zu verabschieden. Sie war ein wenig bestürzt, als Ingalls darauf bestand, sie bis zur Tür zu begleiten.
Die Pflegerin war nirgends zu sehen. Ingalls schritt mit Lou durch die winzige, mit Blumen geschmückte Diele, dann hinaus auf den Rasen zwischen den schützenden Zedern. Unvermittelt begann er: »Haben Sie –«, und Lou ergänzte mit nervöser Hast: »– meine Hütte durchsucht? Ja. Und fand einen Revolver.«
»Einen Revolver?« wiederholte Ingalls überrascht. »Was haben Sie damit gemacht?«
»Nichts. Ich habe Lieutenant Corey angerufen, aber er war nicht in seinem Büro. In etwa fünfzehn Minuten wird er zurück sein.«
»Haben Sie etwas dagegen«, fragte Ingalls ganz ruhig, »wenn ich mir den Revolver vorher einmal ansehe?«
Sie wußte nicht, was sie darauf antworten sollte. Aber Ingalls schien auch keine Antwort zu erwarten. Rasch und schweigend ging er neben ihr durch den weich herabrieselnden Regen. Auf halbem Weg zu Lous Hütte begegneten sie Mrs. Gifford, die genauso aussah, wie man sie sich vorstellte: groß, ergrautes Haar mit einer Dauerwelle, die wirklich einen

dauerhaften Eindruck machte, kalte, gelblichbraune Augen, ein handfestes Kinn. Als sie an ihnen vorbeiging, zog sie die Augenbrauen hoch und sagte hörbar: »Du meine Güte!«

»Weshalb denn dieser Ausbruch?« erkundigte sich Ingalls mit sanfter Stimme.

Weil ich bummle, dachte Lou mit grimmigem Humor, weil ich mich in Gesellschaft eines Clubmitglieds sehen lasse – ein Verbrechen, das in Mrs. Giffords Augen gewiß schwerer wog als Mord. Laut sagte sie nur: »Sie fragt sich wohl, was Mr. Gifford dazu sagen würde«, und stieg die Stufen zu ihrer Hütte empor.

Ingalls wartete aufmerksam, während sie die Tür aufschloß. Als sie auf den Wäscheschrank zuging, spürte sie, wie er alles mit forschenden Blicken musterte. Sobald sie die Tür des Schranks öffnete und das Handtuch hob, stand er neben ihr. »Nun sieh mal einer an«, sagte er leise und griff nach dem Revolver. Er hatte anscheinend keine Bedenken, ihn anzufassen. Es kam Lou vor, als betrachte er ihn endlos lange. Dann öffnete er ihn, und Lou trat nervös einen Schritt zurück.

Aber das ist doch eigentlich Sache der Polizei, dachte sie im stillen. Unwillkürlich sagte sie: »Dürfen Sie das denn?« und Ingalls blickte gedankenverloren auf. Sein Blick klärte sich. »Sie nehmen doch bestimmt nicht an, daß jemand seine Fingerabdrücke auf dem Revolver hinterlassen hat, wenn er beabsichtigte, den Verdacht auf Sie zu lenken? Was ihm auch«, setzte er nachdenklich hinzu, »gelingen dürfte.«

»So merkwürdig es klingen mag«, versetzte Lou gereizt, »ich hatte bereits denselben Gedanken. Trotzdem fühle ich mich verpflichtet, den Fund der Polizei zu melden.«

»Warum?« fragte Ingalls bewußt naiv. »Theoretisch wissen nur zwei Personen etwas von diesem Revolver – Sie und der, der ihn hier versteckt hat. Wenn Sie nicht damit zur Polizei gehen, kann er es auch nicht. Er kann höchstens vorschlagen, Ihre Hütte zu durchsuchen, darf sich aber wohl kaum überrascht zeigen, wenn man keinen Revolver findet – der übrigens gar nichts mit dem Fall zu tun hat.«

Nein? dachte Lou. Aber sie sagte nichts, teils aus Unschlüssigkeit, teils wegen der eigenartigen Spannung, die plötzlich in der Luft hing. Denn wenn Ingalls auch ein praktisches, un-

kompliziertes Verhalten an den Tag legte, so war seine Stirn doch mit Schweißperlen bedeckt, und dabei war es gar nicht heiß in der Hütte, nur ein wenig dunkel infolge des Regens, der gegen die Fenster rauschte und aufs Dach hämmerte.
Ingalls sagte leise: »Hören Sie. Die Polizei hat eine Tote am Hals, und man weiß nicht einmal, wer sie ist. In den nächsten Tagen werden sie es natürlich herausbekommen. Sie haben da ihre Mittel und Wege. Aber inzwischen müssen sie den Zeitungen etwas berichten, und da würden Sie mit einem Revolver, für den Sie keine Erklärung hätten, ein gefundenes Fressen sein und eine Zeitlang die Aufmerksamkeit aller auf sich lenken.«
Im Wohnzimmer läutete, wie in einer Bühnenszene, das Telefon. Ingalls' kräftige Finger schlossen sich fester um den Revolver, den er immer noch in der Hand hielt. Unwillkürlich trat Lou ans Telefon, ließ jedoch ihre ausgestreckte Hand sinken. Während das Telefon hartnäckig und gebieterisch klingelte, fragte sie: »Warum wollen Sie eigentlich nicht, daß die Polizei von dem Revolver erfährt?«
»Mein Gott! Weil ich so ritterlich bin«, entgegnete Ingalls, während er sie angespannt beobachtete. »Sollte diese Erklärung im Augenblick nicht genügen?«
Für einen Moment lag ein inständiges Flehen in seinem Blick. Während Lou den Hörer von der Gabel nahm, ging ihr so manches durch den Kopf. Der Revolver – eine handliche Damenwaffe, klein genug, um in einer Abendhandtasche Platz zu haben. John Mallory auf Reisen, so daß Dana unter Ingalls' Schutz stand. Merkwürdig – diese dringende Einladung, Mrs. Mallory zu besuchen! Und dann das Theater mit dem Thermometer – reichlich übertrieben. *Sehen Sie nur, wie krank sie ist . . .*
»Man hat mir ausgerichtet, daß Sie mich zu sprechen wünschen«, drang Lieutenant Coreys Stimme an ihr Ohr. »Können wir irgend etwas für Sie tun, Miss Fabian?«
»Nun, ich . . . hätte gern gewußt, ob Sie inzwischen in Erfahrung gebracht haben, wer die tote Frau ist.« Mein Gott, wie lahm das klang, dachte sie, wahrhaftig kein Grund, um den Mann an den Apparat zu bemühen. Als Corey in gereiztem Schweigen verharrte, setzte sie hastig hinzu: »Ich muß geste-

hen, nach allem, was vorgefallen ist, graut es mir ein wenig vor der kommenden Nacht – hier so allein im Wald.«
»Wir arbeiten noch an der Identifizierung«, antwortete der Lieutenant, und es klang, als sei er mit seinen Gedanken längst wieder woanders. »Außerdem habe ich Major Soames zugesagt, daß wir heute nacht das Gelände durch einen unserer Leute bewachen lassen. Wenn das alles ist . . .«
Lou legte beschämt den Hörer auf. Ingalls, der während des Telefonats nahe an sie herangetreten war, ließ gerade die Hand sinken, als sie sich umdrehte. Hatte er etwa ihre Schulter berühren wollen? Unvermittelt sagte er: »Ich muß wieder zurück. Darf ich Ihnen einen Drink schuldig bleiben?«
Und eine Erklärung, besagte sein Ton. Aber Lou ärgerte sich über den Preis für das, was sie soeben getan hatte, und schüttelte den Kopf.
»Das heißt wohl, Sie lassen sich nicht bezahlen oder, schlimmer noch, bestechen, nicht wahr?« sagte Ingalls in etwas belustigendem Ton, der die darunterliegende Kälte noch stärker hervortreten ließ. Dann starrte er auf den Revolver in seiner Hand. »Diesen –«, er brach plötzlich ab, hob den dunklen Kopf und sagte kurz: »Vielen Dank.« Damit ging er zur Tür und war im nächsten Moment verschwunden.
Mit dem Revolver in der Tasche.
Es war sinnlos, sich Gedanken darüber zu machen, was sie getan hatte; es war unwiderruflich. Lou zündete sich eine Zigarette an und wanderte nervös in der Hütte umher. Zum erstenmal seit ihrer Ankunft war sie sich des triefenden Waldes und der kommenden Nacht bewußt. Hatte sie vielleicht gerade an dieser Stelle gestanden, während keine zwanzig Meter entfernt . . .?
Ein plötzliches dringendes Klopfen an der Tür erfüllte sie mit wahrer Panik. Es ist bestimmt Ingalls, beruhigte sie sich selbst, oder ein mißtrauischer Lieutenant Corey.
Aber es war keiner von beiden, als sie sich schließlich aufraffte und zur Tür ging. Vor ihr stand Rosemary Damon, die befangen und schüchtern gekommen war, um eine Bombe platzen zu lassen.

8

Rosemary Damon berichtete schließlich mit ängstlichen, runden blauen Augen, daß die tote Frau am frühen Dienstag abend – heute war Donnerstag – hinter Lous Hütte gesichtet worden sei. Ihre Erzählung war gespickt mit unwesentlichen Einzelheiten: Betsy hatte an dem Tag versucht, beim Baden die Seife zu essen, und bekam Lou auch einen Ausschlag, wenn sie Garnelen aß? Lou, die wie auf glühenden Kohlen saß, gelang es schließlich, sie wieder zum Thema zurückzubringen.

Noch früher am Tag hatte Mrs. Damon Betsy in ihrem Wagen spazierengefahren, und als sie wieder zurückkehrte, fehlte die silberne Rassel, die immer am Verdeck des Wagens angebunden war. Ihr Mann war an dem Tag in New York gewesen, und als er nach Hause kam, war sie noch einmal fortgegangen, um die Rassel zu suchen. Sie wanderte bis zu dem mit Tannennadeln bestreuten Pfad, der hinter dem Wald oben am Golfplatz entlanglief, und traf dort Mr. Thurston, den Golf-Profi, der sie darauf aufmerksam machte, daß das Betreten dieses Pfades verboten sei, da im letzten Jahr jemand von einem verirrten Golfball getroffen worden war. Während sie sich noch unterhielten, war diese Frau plötzlich bei Lous Hütte aufgetaucht, die man ja von da oben sehen kann.

»Wir haben natürlich nicht weiter darauf geachtet – ich nahm an, daß Sie es seien«, erklärte Mrs. Damon. »Als ich jedoch die Frau heute morgen sah, fiel mir die Anstecknadel wieder ein.«

Anstecknadel? Lous Verstand war ganz gelähmt von dem Schock; nur langsam begriff sie, was diese ernsthafte junge Frau im rosa und weiß gestreiften Baumwollkleid ihr da erzählte. Anstecknadel – ach ja, ein aus Glas und Blech gefertigter Hahn, der an der einen Schulter des durchnäßten grauen Kambrikkleides befestigt war. Der Regen hatte seinen Glanz abgestumpft, doch am Abend vorher mußte er im scheidenden Licht des Tages noch kräftig geglitzert haben.

»Mein Mann«, gestand Rosemary Damon Lou im tiefsten Vertrauen, »ist der Ansicht, daß ich es der Polizei sagen müsse. Aber Sie waren immer so nett zu mir, haben mir aus der Stadt Sachen für Betsy mitgebracht, die ich vergessen hatte, daß ich dachte, ich sollte es Ihnen zuerst erzählen. Hätten Sie übrigens zufällig eine Sicherheitsnadel? Ich bin nämlich unter dem Vorwand, mir eine von Ihnen zu borgen, rübergekommen.«

Während Lou, froh über jede Ablenkung, nach einer Sicherheitsnadel suchte, amüsierte sie sich ein wenig über Mrs. Damon, die ihr wiederum auch leid tat, weil sie ihren Mann mit so albernen Entschuldigungen besänftigen mußte und im geheimen noch stolz darauf war. Sie kannte mehrere solcher Frauen, die ihre Männer als »regelrechte Brummbären« bezeichneten, als ob Verdrießlichkeit eine besondere Glanzleistung sei.

Sie fand eine Sicherheitsnadel und überreichte sie feierlich der jungen Frau, die mit raschelnden Röcken aufstand und zur Tür ging. Dort blieb sie stehen und fragte neugierig: »Glauben Sie etwa, daß es eine Diebin war, die in der ersten Hütte Schmuck oder Bargeld stehlen wollte?«

Eine Fremde, dachte Lou, konnte natürlich nicht wissen, daß eine der Hütten von einer Clubangestellten bewohnt wurde. Aber selbst wenn es sich um eine ungeschickte Diebin handelte, die das Gelände vorher nicht ausgekundschaftet hatte, so blieb immer noch die Frage: Wer hatte sie getötet? Eine Rivalin? Ihre Lippen verzogen sich, aber nicht zu einem Lächeln, und sie sagte zu Rosemary Damon: »Ich habe keine Ahnung, danke Ihnen aber, daß Sie mich informiert haben.« Mit ungeheurer Anstrengung setzte sie hinzu: »Wie geht es Betsy? Hat sie schon ihren Zahn?«

»Er ist gerade durchgebrochen«, erwiderte Rosemary Damon mit strahlendem Lächeln. »Soll ich sie einmal an einem Nachmittag herbringen, wenn Sie nichts anderes vorhaben?«

Nun, sie hatte es selbst heraufbeschworen. »Ja, tun Sie das«, sagte Lou. »Haben Sie übrigens die Rassel wiedergefunden?«

Bildete sie es sich ein? Oder waren die runden Augen tatsächlich ein wenig schärfer geworden? »Mr. Thurston stand fast drauf«, entgegnete Mrs. Damon, ging die Stufen hinunter und verschwand kurz darauf in ihrer Hütte.

Was mochte die tote Frau hier nur gewollt haben? Sie war Lou völlig fremd, aber war Lou für die Frau auch eine Unbekannte? Während Lou sich daran zu erinnern versuchte, ob sie vorge-

stern abend ihre Hütte abgeschlossen hatte, ehe sie zum Essen ging, klingelte das Telefon. Es war Miss Patton, müde und bittend: »Wenn Sie keine anderen Pläne haben, Miss Fabian, könnten Sie mir wohl nach dem Essen ein oder zwei Stunden helfen? Ich bin schon halb durchgedreht, sonst würd ich Sie gar nicht fragen.«
War die tote Frau wohl wirklich durch ihre Hütte gegangen? Trotz der Lampen, die sie mittlerweile angeknipst hatte, war der Raum mit dichten, feuchten Schatten erfüllt, und es schien ihr durchaus möglich. »Ich komme sofort«, versprach Lou.

Die Stimmung im Clubhaus war plötzlich umgeschlagen. Vielleicht war die frühe Dunkelheit daran schuld oder der gegen die Fenster pladdernde Regen; vielleicht war die Erregung auch einfach abgeflaut. Jedenfalls spürten die Menschen keinen Nervenkitzel mehr bei dem Gedanken an die Leiche, die noch immer unsichtbar in ihrer Mitte weilte.
Es gab so allerlei Schwierigkeiten. Mrs. Severn, eine der beiden schwatzhaften Frauen im Foyer, war betrunken und bekam an Major Soames' Schulter das heulende Elend. Mrs. Gifford rief an, um zu sagen, daß sie eine Klage anstrengen würde, falls Ruth Anns Name in den Zeitungen erschien; doch gegen wen, das ging aus ihren Äußerungen nicht klar hervor. Es gelang Major Soames, Mrs. Severn abzuschütteln, die feuchten Auges in den Gesellschaftsraum wankte und an Miss Lovetts Schulter zerfloß. Miss Lovett, die, dem Büro unmittelbar gegenüber, auf einem Sofa saß, zwinkerte Lou verschmitzt zu, und Lou, unerklärlich aufgekratzt, zwinkerte zurück. Mrs. Appleford, die ihren Unwillen hinter einem Gähnen verbarg, erhob sich würdevoll und begab sich taktvoll in die Bar, wohin ihr Mann sich bereits verzogen hatte.
In der Bar hielt Miss Patton die Stellung. Nach dem Stimmengewirr zu urteilen, waren Major Soames, die Applefords, Mrs. Engstrand, Mrs. Ames und die völlig verwirrten Smithwicks dort versammelt. Es schien merkwürdig, daß die Sewards, die Damons, Dana Mallory und Ingalls, Mrs. Gifford und ihre Tochter an diesem regnerischen Abend abwesend waren. Es war niemand im Speisesaal, und der Spielraum, aus dem gewöhnlich das Klicken der Pingpongbälle tönte, lag vollstän-

dig verlassen da. Unter der äußerlich zur Schau getragenen Ruhe waren alle diese Menschen nervös.
Einer von ihnen – entweder hier oder draußen am Rande des regennassen Waldes – mußte ganz besonders nervös sein. Ein Mord mochte wohl eine unmittelbare Schwierigkeit aus dem Weg räumen, ließ aber im Laufe der Zeit weit mehr und weit hartnäckigere Probleme erstehen – es sei denn, man hatte einen Sündenbock zur Hand.
Oder war tatsächlich ein x-beliebiger Mörder in das Clubgelände gewandert und hatte die erste beste Person niedergeschlagen, die zufällig eine Fremde war und sich in der Nähe von Lous Hütte aufhielt?
»Coastline Club«, sagte Lou mechanisch am Telefon und verband einen von außen ankommenden Anruf mit dem Haus der Mallorys. Kurz darauf leuchtete das Licht der Sewards auf: Könnten sie wohl heute abend Polizeischutz haben? Lou wiederholte, was Lieutenant Corey ihr gesagt hatte, und legte auf. Es schien ihr für eine Sekunde, als sei irgendwo eine Tür aufgesprungen und habe einen kalten Luftzug hereingelassen, der mit eisigen Fingern über Blumen, Lichter und Lachen dahinfegte.
Zimmer sechs. Ganz aussichtslos, bei dem im Club herrschenden Ablagesystem ausfindig zu machen, wer damals das Zimmer bewohnt hatte. Außerdem kannten sich die meisten dieser Leute und besuchten sich manchmal gegenseitig in den verschiedenen Räumen oder Hütten. Es brauchte jemand nur einen Blick auf seine Uhr zu werfen und zu sagen: »Mir fällt gerade ein, daß ich einen Anruf machen muß. Dürfte ich vielleicht das Telefon benutzen?«
Die Pension »Field View Arms« mit dieser atemlosen, mürrischen Frau am Telefon schien zu diesen behaglich im Geld schwimmenden Leuten in keiner Beziehung zu stehen; wohl aber zu einer Person mit jungem Gesicht, tiefen Schatten unter den Augen, einem billigen Kleidchen und Schuhen, die sich im Regen aufzulösen begannen . . .
«Miss Fabian«, sagte Major Soames, und Lou fuhr leicht zusammen; denn sie hatte ihn nicht durch die Hintertür hereinkommen hören. Er wurde begleitet von Albert, dem Küchenchef, und Oleg, dem rundlichen, blonden Oberkellner,

den die Pagen natürlich Olga nannten. »Sie könnten uns helfen, Miss Fabian, indem Sie einige Notizen machen.«
Der Major, der sich an seinem massigen, mit einer Glasplatte bedeckten Schreibtisch niederließ, machte zunächst einen ganz wohlwollenden Eindruck – wenn man von seinen Augen absah. Sie erinnerten Lou an ein Rhinozeros, das an seinem Wasserloch gestört worden ist und nun auf unverzügliche Rache sinnt. Ein Hochzeitsempfang war schon abgesagt worden. Während Albert und Oleg in unruhiger Haltung dabeistanden und Lou mit gezücktem Bleistift der Dinge harrte, die da kommen sollten, sagte der Major: »Wir wollen – hm, ja – wir wollen eine ›Hawaiische Nacht‹ veranstalten, wie?«
Albert und Oleg nickten krampfhaft, und der Major fuhr fort: »Und zwar am nächsten Samstagabend. Wir werden ein hawaiisches Essen servieren und draußen Tische aufstellen. Eine Menge Reis und Ananasscheiben, Sie wissen ja Bescheid, Albert.«
Albert, der hier schon Fastnachtsbälle, Rivieranächte und Jahrmarktsfeste überstanden hatte, blickte resigniert zum Fenster hinaus. Oleg, der erst kurze Zeit hier war, bemühte sich, möglichst intelligent auszusehen.
»Die Dekoration wird aus Gräsern und Palmen bestehen. Sie kennen sich ja darin aus. Blumengirlanden für die Frauen. Aber nicht so verschwenderisch mit den Gardenien. Sie können sich bei Miss Patton oder bei Miss Fabian Rat holen. Miss Fabian.«
Lou fuhr unwillkürlich zusammen. »Notieren Sie das«, sagte Major Soames vergnügt. »Aloha – das wird allen ins Auge stechen, wie? – Aloha! Der Coastline Club beehrt sich . . .«
Albert und Oleg drückten sich. Lou nahm eine Reihe von Notizen und ein Memorandum für Jane McNamara auf und mußte dabei dauernd an den unerklärlichen Besuch der toten Frau in ihrer Hütte und an den Revolver denken. Den Revolver sah sie jetzt mit anderen Augen. Vielleicht gehörte er gar nicht Dana Mallory, vielleicht . . .
Major Soames blickte gähnend auf seine Uhr, wünschte Lou gute Nacht und schlenderte ins Foyer. Lou war überrascht, daß der Abend so schnell vergangen war und daß seit geraumer Zeit in der Bar schon Ruhe herrschte, obwohl es erst kurz nach

elf war. Im Foyer hörte sie noch ein Gemurmel und dann den gemessenen Schritt des Majors auf der Treppe. Miss Patton erschien an der Rezeption, blaß und erschöpft in dem gelblichen Licht, das ihr Haar vergoldete und Schatten unter ihre Augen warf. »Sie sind ein Engel«, lächelte sie, »und ich verspreche Ihnen, daß so etwas nicht wieder vorkommt. Bitte, legen Sie für Max einen Zettel in den Korb. Er soll den Major morgen früh nach New York fahren. Er will sich dort nach Hulatänzerinnen umsehen. Mein Gott, Hulatänzerinnen«, wiederholte Miss Patton, als sie sich plötzlich des seltsamen Kontrasts zur augenblicklichen Atmosphäre im Club bewußt wurde. »Und dann lassen Sie sich von Max nach Hause fahren, Sie müssen ja halb –«

Sie brach ab, um das Wort »tot« zu vermeiden. Dann nickte sie Lou zu und drehte sich um. Einen Augenblick später verhallten ihre Schritte auf der Treppe.

Im Nu sah alles anders aus.

Max mußte irgendwo in den Küchenregionen sein. Im Gesellschaftsraum hatte man das Licht ausgedreht, aber ein Fenster stand noch offen. Irgendwo in den dunklen Schatten konnte Lou eine unbestimmte Bewegung ausmachen.

Ihre Schreibmaschine würde in dieser unheimlichen Stille wie ein Maschinengewehr rattern, und Lou hatte gar kein Verlangen, sie anzurühren. Aber ihre Stenografie war leider nicht von solcher Beschaffenheit, daß sie am nächsten Morgen noch zu entziffern gewesen wäre. Also beugte sie den Kopf über ihre Aufzeichnungen. »Bananen« – hatte Major Soames wirklich etwas von Bananen gesagt? Sie tippte das Wort ganz vorsichtig; dann stieß sie auf einen Schnörkel, der ihr viel Kopfzerbrechen verursachte. Doch so sehr sie sich auch anstrengte, ihn zu dechiffrieren, es kam immer nur ein sinnloses Wort zustande. Sie versuchte es mit einer ganzen Reihe ähnlich klingender Wörter, ohne etwas Passendes zu finden. Schließlich ließ sie es einfach aus und beendete ihre Arbeit. Unbewußt hatte sie auf Max' festen Schritt gelauscht und zuckte daher unwillkürlich zusammen, als plötzlich eine ruhige Stimme aus dem Nichts heraus ihren Namen nannte.

Ingalls. Es war also nicht das Flattern eines Vorhangs im dunklen Gesellschaftszimmer gewesen, sondern Ingalls, der

dort, während die Lichter gelöscht wurden, auf diesen Augenblick gewartet hatte. Lou schob ihren Stuhl geräuschvoll zurück, als sie aufstand.
»Entschuldigen Sie, bitte, daß ich Sie erschreckt habe«, sagte Ingalls flüchtig. Der gelbliche Lichtschein veränderte seine Züge so, daß er wie eine völlig fremde Person wirkte. »Wissen Sie vielleicht, woher der Anruf kam, den Sie um neun Uhr an unser Haus weiterleiteten?«
Mechanisch wanderten Lous Blicke zum Schaltkasten. Es lag an der ganzen Atmosphäre, daß sie gar nicht überrascht war, daß Ingalls nicht wußte, woher der Anruf gekommen war. »Es war ein Ortsgespräch«, sagte sie schließlich.
»Ein Ortsgespräch?« wiederholte Ingalls mit zusammengekniffenen Augen. Dann deutete er mit dem Kopf nach dem Alkoven unter der Treppe. »Wie verhält es sich mit dem Telefon in der Zelle dort? Was würde geschehen, wenn ich den Club von dort aus anriefe?«
»Der Apparat hat eine Extranummer«, entgegnete Lou in demselben Flüsterton, den er gebrauchte. »Ein Anruf von dort würde hier an der Rezeption wie ein Ortsgespräch erscheinen.«
Sie fragte nicht, warum er das wissen wollte, und Ingalls schien das nicht weiter aufzufallen. Er fuhr leise fort: »Also gut. Wer –« In diesem Augenblick öffnete sich die Hintertür des Büros, und Max stapfte herein.
Er war bestürzt, als er Ingalls sah, und sichtlich ungehalten über dessen Gegenwart. »Ich dachte«, sagte er steif, »es sei niemand mehr hier.« Er überging Ingalls geflissentlich und wandte sich an Lou. »Fertig? Dann will ich Sie nach Hause fahren.«
Lou legte die beschriebenen Seiten in die mittlere Schublade ihres Schreibtischs und löschte das Licht. Ingalls fragte liebenswürdig: »Würden Sie mich wohl mitnehmen?« Und Max brummte etwas Unverständliches vor sich hin. Als Lou mit ihrem Regenmantel aus dem kleinen Nebenraum kam, warteten beide im Foyer auf sie.
Max ließ seine Blicke noch einmal prüfend durch das Büro gleiten und schaltete dann die Deckenbeleuchtung aus. Das Foyer lag bereits im Dunkeln. Das Licht einer draußen ange-

brachten Lampe, die die ganze Nacht die Terrasse beleuchtete, legte breite Bänder auf den glänzenden Fußboden und ergoß sich über das Bein eines Fauteuils, einen Palmwedel und eine Riesenvase mit Nelken. »Na los«, knurrte Max, und sie gingen in den Regen hinaus.
Der Kombiwagen stand am Fuße der Terrassenstufen. Man stieg schweigend ein, und während der ganzen Fahrt wurde kein Wort gewechselt. Lou, die zwischen den beiden Männern saß, kam sich vor wie eine Geisel.
Die Häuser der Sewards und Applefords und Damons lagen alle dunkel und schweigend da. Vor Lous Hütte stieg Ingalls aus, hielt ihr die Wagentür auf und sagte zu Max: »Haben Sie besten Dank. Gute Nacht.«
»Ich werde warten«, erklärte Max grimmig.
»Das ist nicht nötig. Ich gehe zu Fuß weiter«, erwiderte Ingalls in ebenso hartem Ton, und Lou legte sich rasch ins Mittel. »Geht schon in Ordnung, Max, vielen Dank. Übrigens sollen Sie Major Soames morgen früh nach New York fahren. Ich habe einen Zettel in den Korb gelegt.«
»Allmächtiger Gott«, brummte Max verdrießlich, ließ den Motor aufheulen und fuhr davon.
Schweigend stieg Lou neben Ingalls die Stufen zur Hütte empor und schloß die Tür auf. Es schien irgendwie selbstverständlich, daß er mit ihr hereinkam und sich forschend umblickte, während sie ein paar Lampen anknipste. Das müßte Mrs. Gifford sehen, schoß es Lou durch den Kopf – aber sogar Mrs. Gifford würde auf den ersten Blick erkennen, daß dieser mitternächtliche Besuch durchaus keinen frivolen Charakter hatte.
»Ich muß Ihnen Glauben schenken«, stieß Ingalls hervor. Es klang schroff, als habe man dieses Zugeständnis aus ihm herausgepreßt. »Sie haben tatsächlich die Frau nicht erkannt, nicht wahr? Seltsam – aber die Zeitungen brachten schließlich auch nur ein Foto von ihr, und sie ist nie vor Gericht erschienen . . . Die Tote ist nämlich Veuchens Frau.«
Veuchens –
Lou erstarrte zu einer Salzsäule. Sie wußte nicht, ob sie den Namen laut wiederholt hatte oder ob er nur ein Echo in ihrem Gehirn war. Veuchen und das Feuer und der leere Kinderwa-

gen auf dem Rasen, über den die Schatten huschten ... Unverwandt blickte sie Ingalls an und versuchte, das eben Vernommene zu begreifen.
»Der Anruf heute abend enthielt Instruktionen für mich«, sagte Ingalls ruhig, obwohl er innerlich vor Wut kochte. »Richard Mallory ist gestern abend entführt worden. Seit sechsundzwanzig Stunden ist er verschwunden.«

9

Sechsundzwanzig Stunden. Jede einzelne zählte und wurde zur Ewigkeit. Die Zeit war plötzlich ein Feind, der mit jedem Ticken der Uhr bedrohlicher wurde. Man stand ihm völlig hilflos gegenüber; man konnte nur hoffen und seine Befehle minuziös ausführen, und selbst dann – selbst dann kam es manchmal anders.
Lou nahm die Hände vom Gesicht und blickte auf. Ingalls beantwortete die stumme Frage, die in ihren Augen stand, mit derselben beherrschten Stimme: »Dana weiß es noch nicht. Wir haben ihr eingeredet, daß sie krank sei und Richard anstecken könnte. Miss Rockett steckt das Thermometer in warmes Wasser anstatt in Alkohol – nun, Sie konnten sich ja selbst ein Bild machen.« Er rieb sich die Stirn; sein Blick schien im Augenblick ausdruckslos und ein wenig zerstreut, wie bei einem Läufer, der sich zwischen den Runden ausruht und bewußt die Muskeln entspannt, deren Kraft er bald wieder dringend braucht.
»Wenn es Dana auch nicht gerade umbringen mag, so sollte ihr Mann doch wieder da sein, wenn sie dahinterkommt. Er trifft morgen früh in New York ein und müßte vor zwölf hier sein. Bis dahin werde ich Instruktionen wegen des Geldes bekommen haben. Ich soll um zehn Uhr zum Postamt kommen. Inzwischen«, fuhr er grimmig fort, »handle ich genau nach den Vorschriften. Miss Rockett ebenfalls. Gott sei Dank, daß Miss Rockett da ist. Wir sind natürlich davor gewarnt worden, die Polizei zu benachrichtigen.«
Das Kind war, so erzählte er, am vorhergehenden Abend um

zehn Uhr entführt worden. Danas abendlicher Gang zum Clubhaus erfolgte ja mit einer solchen Regelmäßigkeit, daß jeder seine Uhr danach stellen konnte. Sie brach um neun Uhr auf, saß den ganzen Abend bei einem Glas schwachen Whiskys und war kurz vor elf Uhr wieder zu Hause. Als die Pflegerin gestern abend kurz vor zehn Uhr ein Geräusch vor dem Haus hörte, nahm sie an, Mrs. Mallory habe sich nicht wohl gefühlt und sei früher zurückgekehrt. Da jedoch niemand aufschloß oder klopfte, öffnete sie die Tür, erkundigte sich, ob jemand da sei, und trat einen Schritt hinaus. In diesem Moment erhielt sie einen Schlag auf den Hinterkopf und spürte, wie sie aufgefangen wurde. Ehe sie völlig das Bewußtsein verlor, hörte sie noch, wie ganz in der Nähe ein Motor ansprang. Auf dem Fußboden der kleinen Diele kam sie dann wieder zu sich und tastete sich nach oben, wo sie entdecken mußte, daß das Baby verschwunden war und statt seiner ein Zettel im leeren Kinderbett lag.
Auf dem Zettel stand, daß man diese Mitteilung sofort vernichten und niemanden benachrichtigen solle, falls man das Kind zurückzuerhalten wünsche. Miss Rockett, noch ganz schwindlig und mit einer leichten Wunde hinter dem rechten Ohr, hatte den Text abgeschrieben und den Zettel sofort vernichtet. Wie sie später eingestand, hatte sie selbst in dem leeren Haus nicht gewagt, ihn aufzubewahren. Dann hatte sie die Wunde an ihrem Kopf versorgt, einen Turban darumgewickelt und war so lange aufgeblieben, bis Dana sicher im Bett lag und sie zu Ingalls gehen konnte.
Ein plötzlicher Windstoß ließ den Regen gegen die Fenster der Hütte prasseln. Ingalls blickte Lou direkt in die Augen und verscheuchte die durch seine Stimme heraufbeschworenen Bilder. In festem Ton fuhr er fort: »Deshalb darf die Polizei nichts von dem Revolver erfahren. Sie hat Mittel und Wege, den Eigentümer ausfindig zu machen. Ich glaube, er gehörte Veuchen, und ich nehme an, daß seine Frau hier auftauchte, um der Person auf die Spur zu kommen, die mit Veuchen unter einer Decke steckte. Aus diesem Grund wurde Ihnen der Revolver untergeschoben. Denn wenn Sie mit Veuchen in der Heffernan-Affäre gemeinsame Sache gemacht hätten und seiner Frau nach seiner Hinrichtung die Beweise dafür in die

Hände gefallen wären . . .«
»Hätte sie mir wahrscheinlich nachgestellt und ich sie getötet«, ergänzte Lou, die keinen Zorn, keine Überraschung, nicht einmal mehr Furcht spürte. »Ja, das leuchtet mir ein.«
»Aber dann würden Sie mir den Revolver nicht gegeben haben«, sagte er und lächelte ein wenig über ihre Sanftmut. »Sie hätten ihn selbst versteckt, aber mir auf keinen Fall gestattet, ihn mitzunehmen. Und vor allen Dingen hätten Sie das Gespräch mit New Jersey nicht vom Büro aus geführt.«
Also hatte er doch zugehört und sie so kalt und fremd angeblickt, weil er um die Sache mit Richard Mallory bereits wußte. Er erhob sich aus dem Sessel, in dem er uneingeladen Platz genommen hatte. Sein Lächeln war verschwunden, und er sagte ernst: »Die Frau kann jeden Augenblick identifiziert werden, das läßt sich nicht verhindern. Aber der Revolver . . . Sobald der Name Veuchen fällt, ist der Teufel los. Der Kidnapper bekommt einen panischen Schrecken –«
Wie Veuchen, der Amy Heffernan nicht schreien hören konnte. Lou scheute nervös und ängstlich vor dem Gedanken zurück. Schon auf dem Weg zur Tür blickte Ingalls sich noch einmal nach ihr um. »Irgend jemand muß das Lösegeld abholen, vielleicht morgen abend, vielleicht übermorgen. Sie sind in der Lage festzustellen, wo sich die einzelnen Personen zu einer bestimmten Zeit befinden.«
Natürlich, das war der Grund, warum er sie ins Vertrauen ziehen mußte – das und die dringende Notwendigkeit, den Revolver zu verstecken, der rasch als Veuchens Eigentum identifiziert werden konnte. Ihr die Geschichte mitzuteilen, war das geringere von zwei Übeln – eine Entscheidung, die Ingalls Nervosität wenigstens zum Teil erklärte. Lou fragte betont ausdruckslos: »Sind Sie sicher, daß Sie mir vertrauen können?«
»Daß ich Ihnen vertrauen kann?« wiederholte er mit einer Heftigkeit, die sie noch nie zuvor an ihm bemerkt hatte. »Mein Gott, ich vertraue Ihnen Danas Kind an!« Er blieb bei der Tür stehen. »Sie selbst sind auch ziemlich vertrauensvoll, wie mir scheint. Sie haben mich nicht einmal gefragt, woher ich Mrs. Veuchen kenne.«
Endloses Schweigen folgte,während sie sich gegenseitig ansa-

hen. »Nun gut«, sagte Lou schließlich, »woher kennen Sie Mrs. Veuchen?«
Und Ingalls berichtete von einer anderen Tour, die er mit seinem Freund, dem Reporter, unternommen hatte, diesmal in den oberen Teil des Staates New York, wo die Witwe des Kidnappers bei früheren Nachbarn Unterschlupf gefunden haben sollte. Der Reporter hatte auf ein Interview gehofft, war aber von der kräftigen, unerbittlichen Frau, die ihm die Tür öffnete, nicht ins Haus gelassen worden. Ingalls, von einem plötzlichen Abscheu vor dieser Mission erfüllt, war draußen im Wagen geblieben und hatte später mit keinem Ton jene andere Frau erwähnt – jung, schlank, nervös –, die sich in der Gartenveranda versteckt gehalten hatte.
Sobald Ingalls sich verabschiedet hatte, ging Lou zu Bett. Während sie dem Regen lauschte, der auf die Fensterbank tröpfelte, und den kühlen Luftzug genoß, der durch das Zimmer wehte, kam ihr zu Bewußtsein, daß sie vergessen hatte, Ingalls zu sagen, daß man Mrs. Veuchen aus ihrer Hütte hatte kommen sehen. Auch hatte sie sich nicht danach erkundigt, wie die Stimme, die ihm heute abend telefonische Instruktionen erteilte, geklungen hatte. Aber sie konnte es sich schon denken – ein harsches, tragendes, geschlechtsloses Flüstern.
Sie würde bestimmt nicht schlafen können. Sie würde Amy Heffernan, unter ihrer blaßrosa Decke liegend, vor sich sehen und darüber Richard Mallorys kleines Gesicht, hilflos im Schlaf, mit den zarten, dunklen Augenbrauen . . .
Was hatte Ingalls eigentlich andeuten wollen? Daß Veuchens Frau Beweise für die geheimen Abmachungen gefunden, daraufhin den Revolver genommen habe und hierhergekommen sei, um selbst mit der Person abzurechnen, die ihren Mann zu der Entführung überredet und die Hälfte des Lösegeldes eingesteckt hatte, ohne dafür büßen zu müssen? Statt dessen hatte man mit ihr abgerechnet, hatte ihr ewiges Schweigen erzwungen.
Das mußte am Dienstag abend gewesen sein. Und am nächsten Abend hatte ihr Mörder kühn und verwegen den Raub von Richard Mallory ausgeführt. Warum so rasch hinterher? Weil dieses besondere Zusammentreffen von Umständen

vielleicht nie wiederkam? Weil die Pläne zu weit gediehen waren und nicht mehr umgeworfen werden konnten?

Wenn es sich so verhielt, dann hatte der Mörder nicht mit dem Erscheinen von Mrs. Veuchen gerechnet. Daher das bewußte Risiko des Anrufs, den Lou bekam. Dessen Zweck wurde ihr nun zum erstenmal klar: Man wollte sie auf ihre Achillesferse aufmerksam machen. Würde sie, von neuem an die Gefahr erinnert, in der sie vor einem Jahr schwebte, es wagen, Mrs. Veuchen zu identifizieren? Daß sie Veuchens Witwe erkennen würde, setzte man natürlich voraus, da sie ja selbst in den Fall verwickelt war. Niemand konnte schließlich wissen, daß sie, wie betäubt durch den Tod ihres Vaters, tagelang keine Zeitung gelesen hatte.

Das Risiko war nicht allzu groß. Die Person, die Lou für ihre Zwecke mißbrauchen wollte, hatte sie im Auge behalten und wußte, wie sehr sie auf diese Stelle angewiesen war. Die namenlose Leiche im Wald, die nachfolgende Durchsuchung von Lous Hütte und die Entdeckung des Revolvers, den der Mörder unbedingt sofort hatte loswerden müssen – wie hätte sie die Polizei je davon überzeugen sollen, daß sie, Louise Royce, nicht zum zweitenmal die Hauptanstifterin bei einer Kindesentführung gewesen war?

Lou starrte in die Dunkelheit. Es wurde ihr klar, daß sie sich sofort – noch in dieser Minute – alles ins Gedächtnis zurückrufen mußte, was mit den Heffernans zu tun hatte; jedes Wort, jeden Satz, den sie dort gehört, und jede Person, die dort angerufen hatte. Sie sah im Geist das mit Sonnenlicht und Schatten erfüllte Studierzimmer, das Telefon auf ihrem Schreibtisch, und dann auf einmal, als habe sie selbst einen Schlag auf den Kopf bekommen, versank sie in einen tiefen Schlaf.

»Tellerwäscher«, wiederholte Lieutenant Corey am nächsten Morgen um neun Uhr in den Apparat, während er mit der anderen Hand die zweckdienlichen Angaben notierte. »Joseph . . . Pavlow. Am Dienstag nachmittag nach einem Streit – im Suff – mit dem Topfwäscher entlassen. Letzte Adresse: 261 Atlantic Avenue, hier in der Stadt. Besten Dank, Miss Patton, wir werden die Angelegenheit überprüfen.«

Lieutenant Corey kritzelte nicht auf seinen Notizblock; darüber war er erhaben. Mochte sein Bleistift noch so einladend spitz sein, mochte sein Block förmlich nach Bemalung schreien, während er auf Informationen wartete, es waren später keine sorgfältig gezeichneten Vierecke, keine Treppenstufen, keine konzentrischen Kreise darauf zu sehen. Und wenn ein Anruf einmal nichts brachte, was bei der Polizei ja häufig vorkam, so stand auch auf seinem Notizblock nichts.
Matthew Corey, einundvierzig, hager, höflich, mit gutgeschnittenen, aber kalten Zügen, war für seine Kollegen ein Rätsel. Er sehnte sich nach der Zuneigung der anderen, hatte aber das Gefühl, daß Zuneigung den Respekt untergrabe, und auf Respekt legte er noch weit größeren Wert. Er besaß ein gutes Auge dafür, wieweit er sich auf den äußeren Anschein verlassen konnte, und war als Polizist gewiß überdurchschnittlich begabt. Manche verglichen ihn mit einem durchaus zuverlässigen Ballwerfer, den aber aus irgendeinem Grund keiner von der Mannschaft beim Spiel unterstützte.
Die Wahrheit war einfach: Lieutenant Coreys kalte Hülle barg ein kaltes Herz. Er war kein Unmensch; das bewies schon die Tatsache, daß er sich einen kleinen Hund hielt. Aber er besaß einen nüchternen, berechnenden Ehrgeiz, der auf die Dauer aufreibender ist als irgendein unbesonnenes Streben. Er war zu seiner jetzigen Position gelangt, indem er niemals zur Spitze der Leiter, sondern stets fest und unerschütterlich auf die nächste Sprosse blickte.
Corey ließ seine Augen auf dem Wort »Tellerwäscher« ruhen, und niemand, gewiß nicht der Wachtmeister, der hereinkam, um ihm die Morgenzeitung auf den Tisch zu legen, konnte ihm ansehen, daß allmählich eine leichte Wut in ihm aufstieg. Da der Mord im Coastline Club die obere rechte Hälfte auf der ersten Seite einnahm, schien die Zeitung absichtlich so gefaltet zu sein, daß ihm die Spalte sofort auffiel. Unter der Schlagzeile »Frau in einem Landclub erschlagen« befand sich ein großes Bild: die tote Frau am Boden, ihr Gesicht ein verschwommener Klecks; Sergeant Ennis, der sich gerade die Mütze fester in die Stirn drückte; ein schattenhafter Hintergrund von Bäumen, und rechts unten in der Ecke die Spitzen von Lieutenant Coreys Schuhen, die wohl der Schere des

Fotografen entgangen waren.
So war es immer gewesen, seit er hierher versetzt worden war, um einen alternden Polizeihauptmann abzulösen, der mit der halben Bevölkerung der Stadt verwandt war und bei Verstößen aller Art oft entgegenkommend ein Auge zugedrückt hatte. Durch einen reinen Zufall war Corey im benachbarten Bridgeport auf einen Spielschwindel gestoßen und hatte bei dieser Gelegenheit einem städtischen Beamten auf die Zehen getreten. Infolgedessen sah man von ihm auf allen Fotos der Lokalzeitung nur einen unscharfen Ellbogen, eine Schulter oder ein Paar Schuhspitzen.
Er hatte sich viel von dem Mord im Coastline Club versprochen. Auf den ersten Blick schien der Fall einen gesellschaftlichen Hintergrund zu haben, der ihm, Corey, ein Ansehen verleihen würde, das selbst die Zensur hier am Ort nicht hätte schmälern können. Da war zunächst der Club selbst; ferner Mrs. John Mallory, eine Frau von beträchtlichem Reichtum; eine frühere Fernsehschauspielerin und eine Reihe wohlhabender Leute.
Und was war von alldem übriggeblieben? Ein betrunkener Tellerwäscher.
Äußerlich ließ sich Lieutenant Corey von seiner Enttäuschung nichts anmerken. Er warf nur einen flüchtigen Blick auf den Begleittext: »Die Polizei ist noch bemüht, die Identität der dunkelhaarigen Frau festzustellen, die gestern morgen auf dem Gelände des exklusiven Coastline Club erschlagen aufgefunden wurde . . .« Statt dessen nahm er sich den vorläufigen Befund der Autopsie vor, der ihm heute morgen zugegangen war.
Die Frau, so hieß es darin, sei, als man sie fand, mindestens vierundzwanzig, wenn nicht sogar sechsunddreißig Stunden tot gewesen. Als Mordwaffe hatte der übliche stumpfe Gegenstand gedient, in diesem Fall wahrscheinlich ein Stein, obgleich sich später vielleicht noch etwas Genaueres darüber sagen ließe. Offenbar war sie überrascht worden, da keinerlei Anzeichen dafür vorhanden waren, daß sie mit ihrem Angreifer gerungen hat. Ansonsten wies die Leiche nur noch ein Merkmal von Interesse auf, und zwar eine Hautabschürfung am dritten Finger der linken Hand, als habe der Mörder

versucht, den goldenen Filigranring abzustreifen.
Inzwischen war er von Händen, die mehr Zeit hatten als die des Mörders, abgezogen worden – obwohl, wie man Corey gegenüber erwähnt hatte, der Ring für den Finger, der ihn trug, eine Nummer zu klein war. Es war ein ungewöhnlicher, wahrscheinlich nach einem besonderen Entwurf angefertigter Ring, und auf der Innenseite war etwas – Buchstaben oder ein Datum – abgefeilt worden. Das konnte viel oder auch gar nichts bedeuten. Jedenfalls hatte man eine Beschreibung des Rings durch die üblichen Kanäle zirkulieren lassen, da von den Fingerabdrücken nicht viel zu erwarten war und eine Identifizierung mit Hilfe der Zähne – beziehungsweise des behandelnden Zahnarztes – zu lange dauern würde.
Raubüberfall mit Körperverletzung, dachte Corey leicht enttäuscht. Amateure wußten nie, wie fest sie zuschlagen durften. Der Tod war also am Dienstag irgendwann nach Einbruch der Dunkelheit eingetreten, und es war durchaus möglich, daß man die Frau im Dunkeln für einen Gast gehalten hatte, bei dem sich ein Raubüberfall lohnte. Der Versuch, den Ring abzuziehen, sprach dafür, ebenfalls die klaffende Handtasche, die lag fünfzehn bis zwanzig Meter von der Leiche entfernt, ohne Portemonnaie oder Brieftasche am Boden. Der Dieb konnte ja nicht ahnen, daß die Tote ihr Geld aufs Geratewohl in ein Seitenfach der Handtasche gestopft hatte, im ganzen dreiundzwanzig Dollar und einundachtzig Cent.
Ob überhaupt eine Brieftasche vorhanden gewesen war, wußte natürlich niemand. Doch war es unwahrscheinlich, daß in der Handtasche einer Frau gar nichts sein sollte, woraus man auf die Identität hätte schließen können: eine quittierte Gasrechnung etwa oder eine Anmeldung für den Arzt. Der Lieutenant fand drei Erklärungen dafür: Es war möglich, daß die Frau aus bestimmten Gründen anonym bleiben wollte. Oder ihr Mörder hatte die – doch existente – Brieftasche im Dunkeln hastig herausgrissen, den Ring noch mitnehmen wollen und später entdeckt, daß seine Beute nur aus einer Handvoll Ausweispapieren bestand. Es konnte aber auch sein, daß der Täter absichtlich alles, was über die Persönlichkeit der Toten Aufschluß geben konnte, entfernt und aus diesem Grund auch an dem Ring gezerrt hatte.

Im ersten und letzten Fall bekam der Mord einen komplizierten Charakter. Es gab dann mehr Möglichkeiten, obwohl Lieutenant Corey diesen Ausdruck nicht bewußt wählte.
Durch ein Telefongespräch, das er gestern am späten Nachmittag geführt hatte, wußte er bereits, wie die Frau zum Coastline Club gekommen war. Die Information nützte ihm überhaupt nichts. Einer von Breens Taxichauffeuren, der am Dienstag den 6-Uhr-Zug von New York abwartete, hatte sie gefahren, sie aber nicht aus dem Zug steigen sehen. Doch als sich die Fahrgäste und die Leute, die sie abholten, allmählich verlaufen hatten, habe sie auf dem Bahnsteig gestanden. Da sie weder Hut noch Handschuhe trug und keinerlei Gepäck bei sich führte, hatte der Chauffeur angenommen, sie sei mit dem hiesigen Bus zum Bahnhof gefahren, um jemanden abzuholen, der jedoch nicht eingetroffen war, und habe schließlich den zurückgefahrenen Bus verpaßt. Sie habe einen erregten Eindruck gemacht, als sie das Taxi herbeiwinkte. Mitten auf dem Fahrweg des Clubs habe sie ihn plötzlich halten lassen, habe bezahlt und sei ausgestiegen. Als er fortfuhr, habe sie noch an derselben Stelle gestanden und in ihrer Handtasche herumgekramt.
Eine Nachfrage beim Vermißtenbüro ergab, daß die Frau nicht auf der dort vorliegenden Liste stand. Auch war sie nicht im Hotel oder in einer der größeren Pensionen eingetragen; denn es fehlte keiner von den Gästen. Dummerweise war die Stadt im Sommer ein halber Badeort, und jeder, der ein Zimmer zu vermieten hatte, hängte prompt ein Schild ins Fenster.
Corey steckte die Adresse, die ihm Miss Patton gegeben hatte, in die Tasche und wollte das Büro gerade verlassen, als sein Telefon läutete. Ein Mr. Charles Damon vom Club meldete sich, um zu berichten, daß seine Frau und Mr. Thurston, der Golfprofi, beobachtet hätten, wie die tote Frau am Dienstag abend aus der benachbarten Hütte gekommen sei. Ja, das sei Miss Fabians Hütte. Damon, den der Lieutenant als einen dunkelhaarigen, ziemlich sauertöpfischen Mann im Gedächtnis hatte, sprach so zögernd, als habe jemand versucht, ihn von diesem Anruf abzubringen.
Miss Fabian war wohl das Mädchen aus dem Büro. Lieutenant Corey machte sich ein paar Notizen, dankte Damon und

versprach, später am Vormittag zum Club zu kommen. Dann verließ er das Büro, um den Tellerwäscher aufzusuchen, der so geschickt in die Affäre hineingeschubst worden war.

Joseph Pavlow, der in seiner schäbigen Pension in der Atlantic Avenue jäh aus seinem friedlichen alkoholischen Schlummer gerissen wurde, war für Corey kein Unbekannter. Pavlow, der arbeitete, wo und wann es ihm gerade paßte, wanderte wegen Trunkenheit und ruhestörenden Lärms so regelmäßig ins Kittchen, daß es hieß, der verflossene Polizeihauptmann habe sich um sein Wohlergehen gesorgt, wenn mehr als sechs Wochen zwischen den einzelnen Verhaftungen lagen, und einen Schutzmann hingeschickt, um sich zu vergewissern, daß alles im Lot sei.

Obwohl Pavlow noch keine vierzig war, hatte er schon fast eine Glatze, und ständiges Trinken hatte ihm ein weichliches, gedunsenes Aussehen verliehen. In seinen kleinen, hellen Augen lag ein kindlicher Blick, und selbst ein zwei Tage alter Bart und ein deutlicher Katzenjammer vermochten den Eindruck hilfloser Schutzbedürftigkeit nicht zu beeinträchtigen. Er wirkte wie ein kleiner Engel, der in schlechte Gesellschaft und dadurch auf Abwege geraten ist, und Corey war schon im höchsten Grade irritiert, wenn er ihn nur ansah.

Pavlow gab ganz unumwunden zu, daß er am Dienstag wegen Trunkenheit und eines Streits mit einem der Topfwäscher entlassen worden sei. »Ich nehme hin und wieder einen kleinen Schluck für meine Leber«, erklärte er treuherzig, während er seine Hand schützend über seinen Blinddarm legte. »Und dann kam dieser Topfwäscher daher – ein richtiger Halunke, kann ich Ihnen sagen; haben Sie ihn schon kennengelernt, Lieutenant?«

Corey verneinte dies mit eisiger Miene.

»Nun, wir hatten eine Fünfdollarwette abgeschlossen. Sie wissen ja, wie das manchmal so geht. Es handelte sich um die Katze, die wir unten im Keller wegen der Ratten halten. Manche dieser Ratten«, erklärte Pavlow ernsthaft, »sind so dick wie die Gäste. Die letzte Katze ist uns davongelaufen, und dann kam diese fremde Katze zu uns, eigentlich noch ein Kätzchen. Der Topfwäscher Hoke behauptete, es sei ein Kater.

Ich dagegen sage, es ist eine Katze. Er ist seiner Sache so verdammt sicher, daß wir eine Wette abschließen. Wenn die Katze Junge hat, stehen mir da meine fünf Dollar zu oder nicht?«
Die ganze Geschichte brachte er mit großer Leidenschaft vor, und Corey kam sich vor wie in einem lächerlichen Traum. Mit einem Ruck schüttelte er diese Atmosphäre ab und sagte scharf: »Gut. Sie verließen also den Club in betrunkenem Zustand und tranken nachher noch mehr. Können Sie sich daran erinnern, einer Frau begegnet zu sein, als Sie in den Club zurückkehrten?«
Der listig ausgesprochene Nachsatz entging Pavlow zunächst. Er tastete in seinem Gedächtnis herum und sagte langsam: »Nein, ich kann mich nicht entsinnen, eine Frau –«, und dann mit instinktiver Furcht: »Wer behauptet, daß ich dorthin zurückgegangen bin?«
»Nach Aussage des Topfwäschers haben Sie gedroht, zurückzukommen und die Sache mit ihm klarzumachen. Am Dienstag abend ist eine Frau auf dem Clubgelände getötet worden. Jemand hat versucht, sie zu berauben; allerdings ohne viel Erfolg.«
»Oh, mein Gott«, stieß Pavlow hervor, nachdem er eine Weile vor sich hingestarrt hatte. Der kindliche Blick war aus seinen Augen verschwunden; es lag nur noch eine hilflose Panik darin. »Ich schwöre, ich habe es nicht getan – ich weiß, daß ich vorbestraft bin, aber niemals würde ich –«
Sollte ich es doch getan haben? Diese Frage richtete er verzweifelt an sich selbst, vermochte sie aber nicht zu beantworten; denn es gab da eine Reihe von Stunden, die in seinem Gedächtnis vollständig ausgelöscht waren. Corey, der das sehr wohl wußte, sagte entschlossen: »Sie machen sich am besten fertig und kommen mit.« Der unglückliche Pavlow blickte suchend im Zimmer umher, entdeckte einen Rasierapparat und ging gehorsam hinaus, um sich »fertig zu machen«.
Währenddessen durchsuchte Corey rasch und geschickt das Zimmer und den einen zerknitterten Anzug, der am Fuße des Bettes auf dem Boden lag. Er fand nichts, hatte auch nichts anderes erwartet; er mußte aber immer alle Möglichkeiten ins Kalkül ziehen. Die saubere, lachende Hausfrau, die eine

saubere kleine Hölle für ihre Familie bereitete; das bemitleidenswerte junge Mädchen, das vor Gericht auf Notzucht klagte und ein einträgliches Geschäft daraus machte. Der harmlose Trinker, der im Rausch eine ihm wesensfremde Tat begangen haben mochte.
Außerdem mußte er an die Zeitungen denken.
Lieutenant Corey nahm Pavlow mit auf die Polizeiwache und hörte mit großem Mißfallen, wie Sergeant Ennis diesen jovial begrüßte. Dann begab er sich zum Coastline Club. Unterwegs legte er sich methodisch genau seinen Feldzugsplan zurecht. Zunächst würde er Thurston aufsuchen, um zu erhärten, was diese Mrs. Damon behauptet hatte, dann zu Mrs. Damon gehen, um sich Mr. Thurstons Aussage bestätigen zu lassen, und zuletzt mit dieser Fabian reden.
Gerade als er die Stadt hinter sich ließ, begegnete ihm ein Mann, der rasch die Allee hinunterging. Etwas an diesem Mann – Größe, Gang oder Gesicht – kam ihm bekannt vor. Corey blickte prüfend in den Rückspiegel seines Wagens. Mr. Ingalls, stellte er fest, der Vetter der reichen Mrs. Mallory, und fuhr weiter.

10

Ingalls schritt so rasch, weil er sich einfach nicht zu einem langsameren Gang zwingen konnte. Er brauchte intensive Bewegung, um seine innere Spannung loszuwerden. Er war auf dem Weg zur Post, weiter nichts. Bewußt hielt er sich an jeden Buchstaben der Vorschriften. Seinem unbändigen Zorn durfte er erst später die Zügel schießen lassen.
Er hatte bisher ein ziemlich unabhängiges Wanderleben geführt, und es war daher nicht leicht für ihn, sich auf diesen passiven, unbedingten Gehorsam einzustellen, stets auf der Lauer nach dem nächsten Peitschenhieb. Ein Auflehnen in dieser Situation hätte jedoch nicht die üblichen Auswirkungen: Vorwürfe, einen heftigen Wortwechsel, den Verlust einer Stelle. Nein, es konnte sehr wohl den Tod von Danas Baby zur Folge haben.

Ingalls beschleunigte seinen Schritt; bald lagen die vom Regen gewaschenen Espen und Birken hinter ihm. Dana war heute morgen eigensinnig und schwierig gewesen – trotz der falschen Temperatur und der leichten Übelkeit, die durch eine harmlose Hustenmixtur hervorgerufen wurde, die Miss Rockett ihr energisch einflößte, wobei sie ihr einredete, daß sie fast die ganze Nacht im Schlaf gehustet habe.
»Sie gehen bei mir ein und aus«, hatte Dana empört zu Miss Rockett gesagt, »und müssen geradezu von Bazillen wimmeln. Ich kann daher nicht einsehen, warum ich Richard nicht auch für eine kurze Weile im Arm halten darf; ich bin durchaus bereit, eine Gesichtsmaske zu tragen.«
»Entweder müssen wir es ihr sagen«, hatte Miss Rockett grimmig erklärt, »oder einen Arzt dazu bewegen, sie ein paar Tage ins Krankenhaus zu stecken. Ich kann ihr nicht dauernd diese Mixturen verabreichen, und was soll sie letzten Endes davon abhalten, aus dem Bett zu springen und ins Kinderzimmer hinaufzugehen?«
Ingalls dachte ernsthaft daran, einen Arzt ins Vertrauen zu ziehen. Ob man es Dana sagen sollte, daß ihr Kind entführt worden ist, darüber mußte ihr Mann entscheiden, und John Mallory würde in zwei Stunden zu Hause sein. Normalerweise waren Frauen ja sogar eher imstande, einen Schock zu überwinden, der einen Mann glatt umwerfen würde. Dana hatte jedoch zwei Herzanfälle erlitten, und da ließ sich nicht so ohne weiteres sagen, wieviel sie obendrein noch verkraften konnte.
Ingalls langte ein wenig zu früh an seinem Ziel an und vertrieb sich die Zeit damit, die Plakate am Theater zu studieren. Genau um zehn Uhr betrat er wie ausgemacht das kleine rote Backsteingebäude der Post.
Es schien fast unmöglich, daß er hier in diesem kleinen, viereckigen Raum, der nach dem grellen Sonnenschein draußen ein wenig dunkel wirkte, Instruktionen wegen des Lösegeldes erhalten sollte. Vor ihm befanden sich Reihen von kleinen Glasfächern und Briefkastenschlitze; zu seiner Rechten stand ein Tisch mit angeketteten Federhaltern und reichlich abgenutzten Löschblättern, und an einem der vergitterten Schalter zu seiner Linken gab eine Frau in einem hellgeblüm-

ten Kleid ein Paket auf, das, nach der von ihr beanspruchten Zeit zu urteilen, mindestens in eins der weniger bekannten Dörfer von Hinterindien geschickt werden mußte, dachte Ingalls. Er hatte das Pech, stets hinter solchen Leuten anstehen zu müssen – wenn er von einer öffentlichen Telefonzelle aus telefonieren wollte, konnte er sicher sein, daß die Frau vor ihm mit Verwandten sprach, die sie seit zwanzig Jahren nicht mehr gesehen hatte, und Männer, die vor ihm am Fahrkartenschalter standen, verlangten von dem Beamten die Abschaffung der verschiedenen Eisenbahnklassen zwischen Chicago und Santa Fé.

Er wartete mit ständig wachsender Ungeduld, während die Frau im geblümten Kleide in ihrer Handtasche nach Kleingeld suchte. Aber schließlich war die Transaktion beendet. Während der Beamte die Geldlade schloß und die Waage beiseite schob, trat Ingalls an den Schalter und erkundigte sich in gleichgültigem Ton: »Ist etwas da für Ingalls?«

»Haben Sie ein Postfach hier?«

»Nein.«

»Dann will ich mal nachsehen«, erwiderte der Beamte skeptisch und zog sich in die hinteren Regionen zurück. Bald darauf kam er mit einem Umschlag wieder, dessen Aufschrift er laut durch das Fenster vorlas. »Mr. S. Ingalls, hier. Postlagernd. Ist das für Sie?«

»Ja. Vielen Dank.« Ingalls nahm den Brief in Empfang und verließ das Postamt.

Sollte er ihn gleich auf der Stelle öffnen? Hier im Sonnenschein mitten auf der Straße? Etwas, das fast an Aberglauben grenzte, warnte ihn davor. Mittlerweile hatte er jedoch bereits alles registriert, was ihm der Umschlag verraten konnte. Billiges Papier, wie Miss Rockett ihm auch den Zettel beschrieben hatte, mit der Maschine geschriebene Adresse. Er war um vier Uhr gestern nachmittag hier am Ort abgestempelt worden. Warum hatte er ihn sich eigentlich abholen müssen? Warum war er nicht per Post an den Club geschickt worden? Weil er dann durch die Hände von Max oder Miss Fabian gegangen wäre? Oder einfach, um noch mehr Verwirrung zu stiften?

Die Spannung wurde für Ingalls so unerträglich, daß er nicht mehr auf die innere Stimme hörte. Eine Sekunde lang ver-

schwand die sonnenbeschienene Straße vor seinen Augen, und er riß den Umschlag auf.
Kreischend hielt ein Auto neben ihm, und eine Stimme fragte unwillig: »Können wir Sie mitnehmen, Mr. Ingalls?«
Es dauerte eine Weile, bis es Ingalls zu Bewußtsein kam, daß es Max war, der ihm diese Frage aus dem Kombiwagen des Coastline Club zugerufen hatte. Neben ihm saß Mrs. Seward, die Ingalls ihr freundliches, sommersprossiges Gesicht zuwandte, und hinten im Wagen schien noch jemand zu sein. Ich darf keinen verdächtigen Eindruck erwecken, durchfuhr es Ingalls blitzschnell. Sich selbst zu beobachten, auf jede Bewegung zu achten wie ein Luchs, daran mußte er sich auch erst noch gewöhnen. Jason Appleford, der mit Ruth Ann Gifford in der ersten Reihe hinter dem Fahrer saß, hatte bereits einladend die Tür geöffnet. Ingalls stieg dankend ein und zwängte sich auf den letzten freien Sitz.
Max fuhr den Wagen mit lässiger Geschicklichkeit. Appleford hielt eine Blechdose mit Tennisbällen auf den Knien, und Ruth Ann Gifford leckte genüßlich an zwei Eiskugeln – Erdbeer und Vanille – herum, wobei ihr dünner gelblichbrauner Pferdeschwanz auf und ab wippte. Mrs. Seward, die Ingalls lächelnd zugenickt hatte, richtete ihren Blick so intensiv auf die Straße, als ob sie selbst am Steuer säße.
Sie hatten bereits die Hälfte des Weges zum Club zurückgelegt, als Miss Pattons helle, näselnde Stimme ertönte: »Guten Morgen, Coastline Club.«
Es herrschte zunächst ein überraschtes Schweigen, während Maxens Würstchenfinger sich fester um das Steuer schlossen. Dann brach Appleford in lautes Gelächter aus. Mrs. Seward wandte ihren Kopf mit dem graziösen, altmodischen Knoten und sagte zu Ruth Ann Gifford: »Das ist ja ganz erstaunlich!« Ruth Ann warf den Kopf in den Nacken, und ein dicker Tropfen Vanilleeiscreme rollte Mrs. Seward den Hals hinab; sie wischte ihn geduldig ab. »Ich glaube, ich könnte im Radio auftreten«, bemerkte Ruth Ann gelassen, »aber heute interessiert sich ja kein Mensch mehr fürs Radio.«
Mrs. Sewards lächelndes Profil veränderte sich nicht im geringsten, während sie mit sanfter Stimme sagte: »Nur wenige.« Ihre Stimme war ebenfalls erstaunlich, dachte Ingalls, der

aufmerksam zuhörte. Sie beherrschte den Schauspielertrick, sich ohne großen Stimmaufwand überall verständlich zu machen.
»Ahme mich einmal nach«, bat Appleford. Ruth Ann drehte ihren Kopf und ihr Eis herum und inspizierte ihn eingehend. »Wenn ich wollte, könnte ich es«, erklärte sie schließlich, »aber Mutter sagt, es sei nicht taktvoll.«
Mr. Appleford wischte hastig einen Spritzer Erdbeereis von seiner tadellosen hellgrauen Hose, während Mrs. Seward murmelte: »Da hat deine Mutter sehr recht«, und die Post durchsah, die auf dem Sitz zwischen ihr und Max lag.
Ingalls durchzuckte es geradezu, aber in der nächsten Sekunde dachte er: Das ist doch ganz natürlich. Man griff instinktiv nach der Post, um sie zu sortieren, und nicht, um festzustellen, ob ein gewisser mit »postlagernd« bezeichneter Umschlag aus Versehen ins Postfach des Clubs geraten sei.
Hatte eine dieser beiden ungewöhnlichen Stimmen ihm gestern abend die Instruktionen zugeflüstert?
Ingalls war sich des Briefs in seiner Tasche so intensiv bewußt, daß er nicht erstaunt gewesen wäre, wenn dieser von selbst zu knistern begonnen hätte. Max bog in den schattigen Fahrweg ein und hielt kurz darauf vor dem rosa Haus. Ingalls bedankte sich bei ihm und stieg aus, wobei er auch noch mit Vanilleeis bekleckert wurde. Mrs. Sewards fleischige, sommersprossenbedeckte Hand reichte ihm ein dünnes Bündel Briefe durch das offene Fenster.
»Auf diese Weise können Sie sich einen Weg sparen«, meinte sie zuvorkommend.
Max starrte mißbilligend vor sich hin: Wenn Mitglieder sich erlaubten, die Clubpost durchzusehen, so war das schon ein schwerer Verstoß gegen die Clubregeln. Aber ein weit schlimmeres Vergehen war das Aushändigen der Clubpost durch ein Mitglied. Mrs. Seward, die Ingalls mit einem strahlenden Lächeln ansah, schien nichts davon zu merken. »Da haben Sie recht«, sagte Ingalls. »Danke vielmals.«
Als der Kombiwagen davonfuhr, blieb Ingalls noch einen Moment stehen und blickte ihm nach. Da sah er, wie sich im Wagen ein Kopf – er hob sich dunkel gegen die grelle Sonne ab – plötzlich umdrehte. War es Mrs. Seward, die sich nach

Appleford oder Ruth Ann umschaute? Oder Appleford oder Ruth Ann, die durch das Rückfenster irgendein Tier beobachtete? Oder konnte vielleicht einer von ihnen seine Neugier nicht bezähmen und mußte unbedingt sehen, was Ingalls wohl mit dem Brief in seiner Tasche anfangen würde?
Der Wagen verschwand hinter einer Kurve, und als das Geräusch des Motors verklungen war, stand Ingalls allein im Sonnenschein vor dem Haus. Eine Weile lauschte er auf das Vogelgezwitscher und das leise Rauschen des Windes in den Wipfeln der Ulmen. Dann nahm er den Brief aus der Tasche und entfaltete hastig mit zitternden Händen den einzigen Bogen, den er enthielt. In seiner Erregung tanzten die Buchstaben vor seinen Augen, und er vermochte nur ein paar zusammenhanglose Worte zu entziffern. Ich muß mich entschieden zur Ruhe zwingen, dachte er, und gerade als ihm dies gelang, wurde die Haustür hinter ihm geöffnet.
Der Inhalt des Briefs versank, und nur die Worte, auf die es ankam, blieben in Ingalls' Gehirn haften. »... 100 000 Dollar ... morgen abend ...«
Noch zwei ganze Tage, die irgendwie durchlebt werden mußten, aber die Zeit bloßer Passivität war wenigstens vorüber. Nun kam das zweite Stadium, dachte Ingalls nüchtern: die Beschaffung des Geldes, das man, um keinen Verdacht zu erregen, aus verschiedenen Quellen zusammentragen mußte, und die Anordnungen für die Übergabe der Summe. Diese Tätigkeit lenkte ab und wirkte vorübergehend wie ein schmerzstillendes Mittel. Und dann? Dann kam das eigentliche Warten, das man sich vorher gar nicht ausmalen durfte. Nur langsam drang das Geräusch der sich öffnenden Tür in Ingalls' Bewußtsein ein. Bevor er sich umdrehte, steckte er den Brief in die Tasche, und dann erwartete ihn ein neuer Schock.
»Sie gehen am besten schleunigst hinein«, rief ihm Miss Rockett zu, deren langes, zuverlässiges Gesicht aschfahl war. In ihren Augen, deren Lider vom Weinen geschwollen waren, lag ein hilfloser, ängstlicher Blick. Sie deutete mit einer Kopfbewegung auf das schweigende Haus, durch dessen Tür man in die kleine Diele sehen konnte, in der sich nichts regte.
»Sie weiß es«, erklärte Miss Rockett schlicht.

Lieutenant Corey war durch die Unterhaltung mit Thurston nachdenklich gestimmt. Er hatte so manches erfahren; welchen Wert es jedoch besaß, blieb abzuwarten.
Der Golfprofi wußte der nackten Aussage, die Mr. Damon telefonisch gemacht hatte, nicht viel hinzuzufügen. Ende der Vierzig, mit Flanellhosen und Sporthemd bekleidet, war er eine elegante, sonnengebräunte Erscheinung und hätte sehr gut als Modell für eine Golfballreklame dienen können.
Seinen Beruf schien er sehr ernst zu nehmen. Corey entdeckte ihn auf einem kleinen Übungsplatz hinter dem Golfladen, wo eine behäbige, mütterlich aussehende Frau offenbar ihre ersten Golfschläger ausprobierte. Als der Lieutenant sich näherte, richtete sie sich gerade mit strenger Miene auf, brachte die Ellbogen in die richtige Position, schob den Ball so vorsichtig zurecht, als ob er in der nächsten Sekunde explodieren würde, und ließ dann endlich den Schläger durch die Luft schwingen. Fasziniert und angstvoll zugleich beobachtete Thurston diesen Vorgang. Der Schläger sauste herab und landete etliche Zentimeter vom Ball entfernt, und wieder segelte ein Erdklumpen durch die Luft, wie schon mehrere Male zuvor.
»Bitte den Kopf senken, Mrs. Vence«, schlug Thurston höflich vor. »Es ist wohl kaum möglich, den Ball im Auge zu behalten, wenn Sie dahin schauen, wo er schließlich landen soll. Entschuldigen Sie bitte einen Augenblick –«
Damit wandte er sich Lieutenant Corey zu, der inzwischen herangekommen war, während Mrs. Vence sich weiterhin damit beschäftigte, den Übungsplatz zu zerhacken. Thurston, der wegen des Regens am Tag zuvor nicht im Club gewesen war, betrachtete prüfend die grausam klare Fotografie, die Corey ihm zeigte, und nickte; ja, es schien die Frau zu sein, die aus der Hütte der Sekretärin gekommen war. Allerdings habe er sie nicht direkt aus der Tür kommen sehen – eine flüchtig wahrgenommene Bewegung habe ihn veranlaßt, den Kopf zur Seite zu wenden, als er sich mit Mrs. Damon auf dem Pfad oberhalb des Waldes unterhielt. Er habe damals jedoch angenommen, es sei Miss Fabian gewesen, und irgend etwas müsse diesen Eindruck in ihm hervorgerufen haben. »Wer war es denn nun, Lieutenant?«
»Das wissen wir noch nicht.« Corey hatte das braune Gesicht

beobachtet, als der Golfprofi das Bild studierte, und nichts anderes darin entdeckt als Neugierde. »Und wohin ist sie dann gegangen, Mr. Thurston?«
Thurston schüttelte den Kopf. Das könne er nicht sagen, er habe mit Mrs. Damon geredet und gleichzeitig die nahen Golfflächen im Auge behalten; der Lieutenant würde überrascht sein, wie oft wildfremde Personen den Golfplatz beträten. Erst neulich noch ... Seine Blicke waren inzwischen wieder zu Mrs. Vence gewandert, und plötzlich murmelte er in beschwörendem Ton: »Nun sehen Sie sich das doch bloß mal an, sehen Sie sich diese Frau an!«
Corey blickte unwillig hinüber. Mrs. Vence, die wohl schon an die fünfzehn Mal Erdklumpen emporgeschleudert hatte, schwang den Schläger jetzt mit einer Kraft, die nur die Wut verleihen kann. Der Ball, der diesmal überraschenderweise mit dem Schläger in Kontakt gekommen war, schoß wie eine Kanonenkugel durch das Fenster des Golfladens und zur offenen Tür am anderen Ende wieder hinaus. Ein schmerzerfüllter Wutschrei mischte sich mit dem Klirren von Glasscheiben.
»Die Frau wird niemals eine Golfspielerin«, erklärte Thurston finster. »Niemals, und wenn sie so alt wird wie Methusalem.«

Mrs. Charles Damons Schilderung war nur eine knappe Wiederholung von Mr. Thurstons Bericht, aber ihre ablehnende, feindliche Miene verriet deutlich, daß es ihr gegen den Strich ging, selbst dieses bißchen zu erzählen. Als der Lieutenant sich nach dem weiteren Verhalten der Frau erkundigte, schüttelte sie den Kopf. »Ich habe sie nur für einen kurzen Moment gesehen, und auch das nur, weil das Licht auf eine Anstecknadel fiel, die sie trug. Zu dem Zeitpunkt habe ich sie überhaupt für Miss Fabian gehalten. Es war ja schließlich ihre Hütte, und die Frau hatte auch dunkles Haar. Außerdem kanzelte mich Mr. Thurston gerade ab, weil ich auf verbotenen Pfaden wandelte.«
Und das mit Recht, dachte Corey, als ihm Mrs. Vence einfiel. Er nahm sich im stillen vor, den Arzt zu fragen, ob der abgerundete Kopf eines Golfschlägers als Mordwaffe in Frage kommen könnte, auch wenn es nicht sehr wahrscheinlich war. Wenn aber Mr. Thurston und Mrs. Damon die Frau gesehen

hatten, so hätte sie von anderen Personen, die sich in der Nähe aufhielten, ebenfalls bemerkt werden können.
Er fragte Mrs. Damon daher, ob sie an jenem Tag auch einige Spieler auf dem nahen Golfplatz gesehen habe. Sie runzelte nachdenklich ihre Stirn und meinte: »Mr. und Mrs. Seward, Miss Lovett, glaube ich. Und –« Sie zog die Augenbrauen zusammen und schüttelte den Kopf. »Sonst kann ich mich an niemanden erinnern.«
Es klang unsicher. Corey wartete noch ein wenig. Als sie jedoch erneut den Kopf schüttelte, stand er auf. »Mrs. Damon, können Sie sich entsinnen, ob Sie auf dem Heimweg jemandem begegnet sind, der kein Mitglied des Clubs ist?«
Er erwähnte absichtlich nicht, daß es sich um einen Mann handelte, noch dazu um einen Mann, der einen über den Durst getrunken hatte; denn er wollte Joseph Pavlow gegenüber peinlich gerecht sein. Rosemary Damon blickte mit ihren runden blauen Augen zu ihm auf und sagte zögernd: »Wenn das der Fall wäre, hieße das –«
»Wir prüfen alle Möglichkeiten«, erwiderte Corey liebenswürdig.
»Ich bin wirklich einem Mann begegnet«, berichtete Rosemary Damon langsam, »aber er war eigentlich nur sehr komisch, ich meine, man konnte sofort sehen, daß er ziemlich betrunken war. Aber durchaus nicht unangenehm. Er strahlte jeden an. Anscheinend war er ein Arbeiter oder dergleichen.«
Pavlow.
Handelte es sich also doch nur um einen Raubüberfall mit unbeabsichtigter Körperverletzung? Hatte eine am Arm baumelnde Handtasche den Tellerwäscher verlockt? Hatte er angenommen, daß ein Gast eines Clubs den Verlust des in der Tasche steckenden Bargelds verschmerzen würde? Pavlow hätte das graue Kleid und die Woolworth-Nadel nicht abschätzen können – vielleicht hatte er aber auch gewußt, daß die Frau hier nichts zu suchen hatte und deshalb kein großes Aufheben machen konnte. Bislang hatte er noch nie einen Überfall begangen, und falls die Frau sich gewehrt und gedroht haben sollte zu schreien, würde ihn das um so eher in Panik versetzt haben . . .
Diese Gedanken schossen Lieutenant Corey blitzschnell

durch den Kopf. Seine Frage, ob sie den Mann wiedererkennen würde, bejahte Mrs. Damon. Nachdem er sich vergewissert hatte, daß sie auch später noch hier zu erreichen war, machte er sich auf den Weg zum Clubhaus, um mit Miss Fabian zu reden.

Sie stand an der Rezeption und unterhielt sich mit einer rotwangigen Frau in einem dunklen Seidenkleid. Sie lächelte, aber trotz dieses Lächelns machte sie einen nervöseren Eindruck als gestern. Ihr auf die Tür gerichteter Blick veranlaßte die andere Frau, sich umzudrehen, und Corey blickte einer lebhaften Miss Lovett ins Gesicht.
»Wünschen Sie mich zu sprechen, Lieutenant? Nein? Ach, das ist aber eine Enttäuschung. Ich wollte der Polizei schon immer mal bei der Arbeit zuschauen. Aber offen gestanden wüßte ich nicht, was ich Ihnen erzählen könnte.«
Corey dankte ihr höflich. Als sie durch das Foyer davonging, fragte er sich, was sie eigentlich an sich hatte, das diesen Eindruck von solidem Reichtum hervorrief. Dann wandte er sich Lou Fabian zu, die an der Rezeption stehengeblieben war.
»Ich möchte ein paar Fragen an Sie richten, Miss Fabian. Gibt es hier einen Platz«, dabei blickte er in das Büro hinter ihr, »wo wir ungestört miteinander reden können?«
»Einen Augenblick, bitte«, sagte Lou und ging hinüber zum Schaltbrett. Während sie den Lieutenant über den Hörer hinweg ansah, fragte sie ins Telefon: »Hat Miss Patton viel zu tun? Würden Sie sie bitten, ins Büro zu kommen, Bert?«
Drei Minuten später folgte Corey Miss Fabian durch das leere Gesellschaftszimmer zu der von Miss Patton als »ruhiger Ort« vorgeschlagenen Fernsehnische und registrierte alle Einzelheiten seines gegenwärtigen Opfers: Mitte Zwanzig, etwas zu schlank, einfaches Kleid, dessen Stoff wie schwarz-weißer Tweed aussah, sich jedoch bei näherer Betrachtung als Baumwolle entpuppte. Intelligent, auffallend attraktiv, wenn sie einen mit ihren glänzenden Augen anblickte. Ihre ruhige Haltung, ihr aufrechter Gang ließen auf eine gute Herkunft schließen, ebenfalls ihre breiten silbernen Armreifen an beiden Gelenken . . . In Corey wurde eine alte Erinnerung wach: an ein junges Mädchen, das einen Selbstmordversuch durch

Aufschneiden ihrer Pulsadern gemacht hatte und später Armbänder trug. Nicht so kostbare wie diese hier aus sehr dünnem, ziseliertem Silber, aber auch so verdeckend ...
Die Fernsehecke füllte den kurzen Teil des L-förmigen Gesellschaftszimmers aus und war ausgestattet mit einem Fernsehschrank aus silbrigem Holz, einer Reihe moderner Sessel und einem schweren, weißen Ledervorhang, der die Nische nahezu schalldicht machen mußte, wenn er zugezogen war, um sie vom übrigen Raum und den Gästen abzuschließen, die das Programm nicht sehen wollten. Durch zwei Fenster blickte man auf leicht abfallende Rasenflächen, den Golfladen in der Ferne und zuletzt den Strand. Eine Wand war mit bemalten Blumentöpfen voller rankendem Efeu behangen.
Lou Fabian ließ sich in einem kirschfarbenen Sessel nieder und sah den Lieutenant erwartungsvoll an; während des ganzen kurzen Gesprächs wichen ihre ruhigen, offenen Augen seinem Blick nicht aus. Ja, Mrs. Damon habe ihr gegenüber erwähnt, daß sie die tote Frau hinter ihrer Hütte gesehen hat, und natürlich habe sie sofort nachgesehen, ob etwas fehle. Es sei aber alles noch dagewesen; sie besitze ja auch nichts, was einen Dieb anlocken könnte. Normalerweise würde diese Hütte nicht einer Clubangestellten zugewiesen, doch das konnte eine Fremde ja nicht wissen. Hatte die Polizei schon festgestellt, wer die Frau eigentlich war?
Corey ärgerte sich, daß er diese Frage nun schon zum drittenmal an diesem Morgen verneinen mußte, und dieser Ärger verlieh seiner höflichen Stimme eine gewisse Schärfe. »Dann war sie also nicht die Person, die Sie erwarteten, Miss Fabian?«
»Ich erwartete niemanden, Lieutenant.«
»Wirklich nicht? Dann war es wohl nur ein Eindruck, den Mr. Thurston gewonnen hatte. Als Sie ihn gestern anriefen, um zu erfahren, ob irgendein Besucher im Golfladen aufgetaucht sei, kam es ihm so vor, als hätten Sie an eine bestimmte Person gedacht. Er behauptete, Sie hätten großes Interesse bekundet.«

Während Lou ihren ruhigen Blick keine Sekunde vom Lieutenant abwandte, sehnte sie sich verzweifelt nach einer Zigarette oder wenigstens nach der ablenkenden Beschäftigung des Anzündens. Sie hatte völlig vergessen, daß sie mit dem Golfladen telefoniert hatte in der törichten Hoffnung, die Person zu identifizieren, von der sie angerufen worden war, oder wenigstens die Zahl der Verdächtigen zu verringern. Unwillkürlich stieg ihr die Röte ins Gesicht, und sie fühlte sich wehrlos den Blicken Coreys ausgesetzt. Sie konnte sich des Eindrucks nicht erwehren, daß dieser blasse, kalte Mann sehr schnell herausbekommen würde, wer sie angerufen und die indirekte Drohung ausgesprochen hatte. Doch Louise Royce war in die Heffernansche Kindesentführung verwickelt worden, und von da war es nur ein Schritt bis zu Veuchen, zu Veuchens Frau und einer neuen Entführung.

Es war auch durchaus möglich, daß Richard Mallorys Sicherheit von ihren Worten abhing.

»Ach, die Sache ist zu albern.« Sie brachte ein verlegenes Lächeln zustande. »Es handelt sich da um einen Mann, mit dem ich in New York ziemlich oft zusammen war und der mir versprochen hatte, mich in den Ferien hier aufzusuchen. Ich dachte nun, wenn er nachmittags gekommen wäre und mich nicht im Büro angetroffen hätte, habe er womöglich anderswo nach mir Ausschau gehalten. Ich hoffe, daß Sie hiervon keinen Gebrauch machen werden«, setzte sie verschämt hinzu, »denn offenbar hatte er gar nicht die Absicht zu kommen, und ich würde mich im höchsten Grade lächerlich machen.«

»Ach so«, sagte Corey, aber es ließ sich nicht feststellen, ob er ihre Erklärung geschluckt hatte oder nicht; auf jeden Fall war das Gespräch vorüber und Lou frei.

Allerdings nicht frei im eigentlichen Sinn des Wortes. Nicht freier als nach dem bleiernen, traumlosen Schlaf, aus dem sie mit dem Gefühl erwacht war, daß sie für Dana Mallorys Baby verantwortlich sei. Das war natürlich Unsinn; sie war eben nur zufällig zur richtigen Zeit am richtigen Platz gewesen. Oder hatte man vielleicht alles um sie herum arrangiert – sie etwa absichtlich hierhergebracht? Sie hatte jetzt keine Zeit, darüber nachzudenken, aber diese Vorstellung bedrückte sie sehr.

Als Lou wieder im Büro erschien, erhob sich Miss Patton, froh über die Ablösung, aber ihre blauen Augen blickten Lou ein wenig mißtrauisch an. »Was wollte der Lieutenant denn von Ihnen? Man hat übrigens Pavlow verhaftet – den Tellerwäscher. Er war während der fraglichen Zeit betrunken und wütend über seine Entlassung. Wenn Mr. Appleford übrigens seine Golftrophäe haben möchte, dann sagen Sie ihm, sie sei momentan beim Graveur.« Wie Lou sehr wohl wußte, befand sie sich in Mrs. Engstrands Zimmer und enthielt deren Geburtstagsrosen. »Mr. Mallory kommt heute an. Gott gebe«, sagte Miss Patton mit frommem Augenaufschlag, »daß er sich ein Taxi nimmt.«

Man räumt das Schiff, dachte Lou, die mit ihren Gedanken ganz woanders war und gar nicht mehr auf die letzten Worte geachtet hatte. Pavlow hatte man schon über Bord geworfen; und sie würde bestimmt die nächste sein, wenn Miss Patton entdeckte, wer sie war. Es summte am Schaltbrett. Mit einem kurzen Blick auf das orangefarbene Licht stöpselte Lou und nahm den Hörer ab.

»Miss Fabian?« Es war Ingalls, der aus dem rosa Haus anrief, und seine Stimme klang noch um eine Nuance dringlicher als gestern nacht. Unvermittelt ertönte ganz dicht am Apparat eine andere Stimme, eiskalt und unversöhnlich. »Nenn sie doch bei ihrem richtigen Namen: Royce, Royce, Royce!«

Es war Dana Mallorys Stimme, so scharf wie ein Messer. Eigentlich hätte Lou so etwas voraussehen und sich dagegen wappnen müssen, aber im Moment traf es sie doch wie ein Schlag ins Gesicht. Mit ihrer freien Hand umklammerte sie die Kante des Schaltbretts und hörte Ingalls leise sagen: »Um Himmels willen, Dana!« Und dann wandte er sich an sie mit derselben kühlen Ruhe: »Könnte Mr. Mallory wohl vom Bahnhof abgeholt werden? Der Zug läuft in fünfzehn Minuten ein.«

Max – aber Max war ja nicht da. Steif, in einem billigen braunen Anzug, in dem er wie ein Fremder wirkte, hatte er Major Soames in seiner schwarzen Botschafterlimousine nach New York gefahren. Auf der Suche nach Hulatänzerinnen. Ohne weitere Überlegung antwortete Lou: »Ja, wir werden am Zug sein.« Sie hörte noch, wie Dana begann: »Wie du ihr bloß Vertrauen schenken kannst –«, und legte leise den Hörer auf.

»Dann werden eben Sie hinfahren müssen«, erklärte Miss

Patton resigniert und holte die Schlüssel des Kombiwagens aus dem Drahtkorb. Sie warf einen Blick auf Lou. »Was ist mit Ihnen, Miss Fabian? Wenn Sie sich nicht wohl fühlen –«
»Mir fehlt nichts«, erwiderte Lou rasch und nahm die Schlüssel entgegen. Dann ging sie durch den um diese Zeit leeren Speisesaal, durch die Küche, in der eifrigst Vorbereitungen fürs Lunch getroffen wurden, und die Holzstufen hinab zum Kombiwagen.
Jemand mußte John Mallory abholen, und es war, als hätte das Schicksal selbst sie, Louise Royce, dazu ausersehen.

11

Auf dem kleinen Bahnhof, dem mit großem Kostenaufwand ein ländlicher Anstrich verliehen worden war, stieg nur eine Handvoll Leute aus dem Zug. Lou spürte eine leichte Übelkeit, als sie John Mallory erkannte, noch ehe sein Blick suchend über die wartenden Autos glitt und den Kombiwagen entdeckte.
Sie konnte nur hoffen, daß Dana Mallorys Mann müde und wenig zum Reden aufgelegt war, damit ihre entsetzliche Aufgabe, ihn zu seinem Haus fahren zu müssen, wo eine hysterische Frau und ein leeres Kinderbettchen auf ihn warteten, nicht allzu nervenaufreibend sein würde.
Aber es sollte nicht sein; das sah sie auf den ersten Blick. Dana Mallorys Mann war ein ganz hellblonder Typ, und diese Blondheit verlieh ihm, obwohl er bereits über vierzig war, das Aussehen eines zufriedenen Jungen. Er litt offenbar sehr unter der Hitze, und sein Anzug machte einen mitgenommenen Eindruck. Aber er schien sich auf etwas zu freuen, wahrscheinlich auf ein Glas Whisky mit recht vielen Eisstücken darin und ein erfrischendes Bad im Meer . . .
John Mallory öffnete die Tür des Kombiwagens und blickte lächelnd hinein. »Was für ein herzerquickender Anblick!« Mit diesen Worten nahm er neben ihr Platz.
Herzerquickender Anblick. Und später, im Besitz aller Tatsachen, würde er sich an jeden ihrer Blicke erinnern, an jede

Silbe, die sie geäußert hatte, sie, Louise Royce, die überhaupt nur durch die gütige Vermittlung seiner Frau hier war. Aber irgend etwas mußte sie zu ihm sagen, wenn auch nur: »Guten Tag, Mr. Mallory«, oder: »War es sehr heiß in New York?« Lou öffnete den Mund, aber ihre trockene Kehle war wie zugeschnürt, und sie brachte nur ein undeutliches Krächzen hervor, was die Situation nur noch verschlimmerte.
»New York war wie ein Backofen«, fuhr John Mallory munter fort, ohne ihr Krächzen zu beachten. »Im Club geht es wohl hoch her, nicht wahr?«
Ja, eine Frau ermordet, sein eigenes Kind entführt . . . Lou, die von allen Fragen diese am wenigsten zu beantworten wünschte, murmelte etwas vor sich hin, das nach Belieben gedeutet werden konnte, und steuerte den Kombiwagen mit Schwung auf die Straße.
Ihretwegen mochte er denken, daß sie schlecht gelaunt oder in Gegenwart von Männern befangen sei; die Hauptsache war, daß sie diese Fahrt, bei der ihr jede Sekunde wie ein Verrat vorkam, so rasch wie möglich hinter sich brachte. Nach dem einen lächelnden Blick, den er ihr schenkte, hatte John Mallory taktvoll woanders hingeschaut. Er wußte natürlich, wer sie war – und er oder Dana mußte ihren Namen wohl vor einigen Wochen im Laufe des Gesprächs mit einer anderen Person erwähnt haben, einer Person, die auch in den Coastline Club kommen würde. Oder war Dana Mallorys Aufmerksamkeit auf ihren Namen und ihre mißliche Lage gelenkt worden durch jemanden, der Danas Schwäche für »gute Werke« kannte? Wie weit mußte man zurückgehen?
Letzten Endes, dachte Lou düster, bis zu Amy Heffernans Entführung. Amy war gestorben, was im Plan nicht vorgesehen war, und Veuchen hingerichtet worden. Aber es gab da einen Menschen, der aus der ganzen Angelegenheit nicht nur unversehrt, sondern sogar mit fünfunddreißigtausend Dollar in der Tasche davongekommen war.
Wie groß mußte da die Versuchung sein, die Geschichte noch einmal zu wiederholen! Die Heffernans waren ja nicht im eigentlichen Sinne wohlhabend gewesen, während hinter den Mallorys das ungeheure Vermögen der Paige Company stand. Und in einem Landclub bot eine Entführung bedeutend

weniger Schwierigkeiten als in der Stadt. Hier gab es kein Haus voller Diener; hier stand kein prüfender Portier, kein Aufzugführer im Wege. Hier gab es nur eine ältere Kinderschwester. Und, nicht zu vergessen, Louise Royce, die schon einmal in eine Kindesentführung verwickelt gewesen war.

In einem Landclub fuhren Autos ungehindert ein und aus, besonders nach Eintritt der Dunkelheit. Lou selbst hatte zweifellos den Wagen gehört, der Richard Mallory davongetragen hatte, und wahrscheinlich nicht einmal von ihrem Buch aufgeblickt.

Ihre Hände umspannten verkrampft das Steuerrad; dann spürte sie, wie John Mallorys Aufmerksamkeit sich von ihr abwandte, und sie lockerte bewußt ihren Griff. Gott sei Dank, hier waren sie ja schon an den Toren des Clubs, aus denen in diesem Augenblick gerade Coreys unauffälliger schwarzer Ford glitt. Neben dem Lieutenant saß Rosemary Damon.

John Mallory blickte sich nach ihnen um, schien etwas sagen zu wollen, schwieg dann aber doch. Einem plötzlichen Zwang folgend, trat Lou heftig auf das Gaspedal, so daß der Wagen unter den Ulmen nur so dahinflog. Das rosa Haus war schon in Sicht, als Mallory mit nachdenklicher Stimme sagte: »Es ist etwas passiert, nicht wahr?«

Lou erwiderte nichts darauf, aber der Wagen sprang, wie erschreckt, vorwärts. Sie fühlte förmlich, wie der Mann neben ihr versuchte, sich die Anwesenheit des flüchtig erblickten Polizeibeamten zu erklären. Es dauerte nicht lange, bis er zu einem Schluß kam und in scharfem Ton fragte: »Handelt es sich um – um meine Frau?« Doch nun kam das rosa Haus in Sicht, und es war Lou, als habe sie den lange schmerzhaft angehaltenen Atem endlich ausgestoßen.

Das Haus wirkte kühl und hübsch vor dem Hintergrund dunkler Tannen. Über den kleinen Rasen huschten die Schatten der Blätter und das Sonnenlicht wie gesprenkeltes Wasser. Nach Lous Empfinden strahlte das Haus eine verhängnisvolle Ruhe aus; es war ihr, als zähle man die Sekunden vor einer Sprengung, als ...

Plötzlich merkte sie, daß John Mallory sie wartend anstarrte. Sie bremste so scharf, daß sie beide ein wenig nach vorn schossen, und sagte hilflos: »Ich kann nicht –«, brach ab und schüttelte den Kopf. Inzwischen hatte Mallory die Wagentür geöffnet und wieder zugeschlagen.

Gleichzeitig öffnete sich die Haustür, und Ingalls erschien auf der Schwelle. Lou wendete den Wagen und fuhr davon. Nach dem einen flüchtigen Blick, den sie auf ihn geworfen hatte, wollte sie Ingalls nicht noch einmal ansehen; denn etwas Merkwürdiges war mit ihr geschehen. Nicht, daß ihr Herz plötzlich höher schlug oder dergleichen. Nein, sie war einfach von dem schlichten Wunsch beseelt, aus dem Wagen zu steigen, zu ihm zu gehen und ihn zu trösten.

Das Hauptereignis des Nachmittags bildete für Lou Ingalls' telefonische Bestellung eines Taxis um halb eins – kaum eine Stunde nach John Mallorys Erscheinen im rosa Haus. Ingalls sollte ja um zehn Uhr Instruktionen wegen des Lösegelds erhalten haben, und ihr flüchtiger Blick in sein Gesicht hatte ihr verraten, daß der Entführer nach Plan verfahren war. Nun würde einer von ihnen – John Mallory wahrscheinlich – irgendwohin fahren, um das Geld aufzutreiben.

Irgendwie erschien es unglaublich, daß sonst niemand etwas mitbekommen haben sollte, daß das tägliche Leben und Treiben im Club so gemächlich und ungestört dahinplätscherte, als sei nichts geschehen. Es kam ihr beinahe so vor, als sei sie die einzige, die bei einem Picknick den Tiger entdeckte, der sie aus dem Dickicht beobachtete.

Während der Club unendlich lange ohne Major Soames hätte funktionieren können, hinterließ Max' Abwesenheit doch eine empfindliche Lücke. Doch eine Reihe von Kleinigkeiten, die Lou unter normalen Umständen ziemlich aufgeregt hätten, machte an diesem Nachmittag keinen besonderen Eindruck auf sie. So wünschte zum Beispiel Mrs. Engstrand plötzlich eine Schachtel, die Max irgendwo für sie bereitgestellt hatte, und wenn Mrs. Engstrand etwas wünschte, dann war sie bei all ihrer behäbigen Gemächlichkeit ein wenig wie Gott, der Licht in der Welt haben wollte.

Um drei Uhr brach Dolores, die Eselin, aus ihrer Einzäunung aus, schlug ein Damengolfquartett in die Flucht und stürzte geradewegs auf Mrs. Gifford zu, die soeben aus ihrer Hütte getreten war, um Ruth Anns Badeanzug aufzuhängen.

Irgendwie kam jedoch alles wieder ins Gleis. Mrs. Engstrand bekundete zwar tiefstes Erstaunen, als sie hörte, daß Max nicht vor Abend zurück sein würde, aber der Himmel stürzte nicht ein. Und als Mrs. Gifford, die vor Furcht und Wut hörbar zitterte, sich telefonisch beschwerte, besprach sich Lou mit Alex in der Küche, der, im stillen amüsiert, zwei Pagen mit einem Halfter und einem Bund Wurzeln hinter dem Esel herschickte.
Um Viertel vor vier schlenderte Jane McNamara ins Büro, rief sarkastisch: »Hallo, Miss Fabian«, setzte sich an ihren Tisch in der abgelegenen Ecke und begann zu telefonieren. Um vier Uhr verließ Lou das Büro, und um acht Minuten nach vier begegnete sie Ingalls.

Er wartete am Rande des Fahrwegs auf sie, keine zehn Meter entfernt vom rosa Haus, aber durch schützende Bäume verborgen. Lou wurde es abwechselnd heiß und kalt, als sie ihn sah – ein neues Gefühl für sie, das sie völlig verwirrte. Sie kämpfte dagegen an, indem sie ihre Handtasche öffnete und hineinsah, als sei ihr soeben etwas sehr Wichtiges eingefallen.
»Ich möchte Sie um Entschuldigung bitten«, sprach er sie unvermittelt an, ohne auf ihre vorgetäuschte Beschäftigung zu achten. Mit einer Kopfbewegung deutete er auf das rosa Haus. »Wegen Dana.«
»Das macht nichts«, meinte Lou und bemühte sich, ihn nicht anzusehen. »Jeder andere würde auch so denken.«
»Nicht jeder. Ich nicht«, erklärte Ingalls, und seine Stimme klang plötzlich ganz anders. »Allerdings bin ich auch keine aufgeregte Mutter . . . John ist fort, um das Geld zu holen.«
Lou blickte ihn sprachlos an.
»Hunderttausend Dollar«, sagte Ingalls leise. »Dana hat ihm eine Vollmacht erteilt. Er wird sich das Geld an verschiedenen Stellen besorgen. Morgen abend um neun Uhr muß es ausgehändigt werden.«
Irgendwoher ertönte eine Frauenstimme: »Warte auf mich, Ellen«, und aus einer der Hütten erklang eine Lachsalve. Der Tiger stand immer noch abwartend im Gras, aber in den Augen all dieser anderen war er nichts weiter als ein paar Licht- und Schattenstreifen.

Ingalls' Augen wurden hart. »Irgend jemand muß das Geld abholen. Irgend jemand wird morgen abend um neun Uhr nicht hier sein. Wenn Sie im Büro wären, könnten wir eine Reihe von Personen ausschließen – für später«, meinte er und verlieh dem unbestimmten Wort eine feste Bedeutung. »Inzwischen –«

Er brach ab und schien einen neuen Gedanken zu verfolgen. Lou konnte sehen, daß seine Aufmerksamkeit sich von ihr abwandte. Sie ließ ihren Blick über den Golfplatz schweifen und fragte sich im stillen, ob er wohl derjenige war, der das Geld abliefern mußte, wagte es aber nicht, sich danach zu erkundigen.

»In einer Beziehung hat Dana recht«, erklärte Ingalls plötzlich. »Sie wissen doch, wer dahintersteckt. Ich meine, er muß Ihnen bekannt sein.« Jetzt sah er sie wieder mit voller Konzentration an, weil sie nützlich war und vielleicht noch nützlicher werden konnte. Er fuhr fort: »Irgendwo muß es einen Hinweis geben. Das ist gar nicht anders möglich.«

Von dem Augenblick an, wo das Geflüster durch das Telefon an ihr Ohr gedrungen war, hatte Lou es gewußt, aber es war ihr nie so deutlich bewußt geworden. Hinweis war das richtige Wort. Sie hatte zum Beispiel gehört, wie Mrs. Heffernan ihrem Mann gegenüber einmal von der »armen Frau im Kildoon-Programm« sprach, aber erst durch Jane McNamaras trockene Bemerkung hatte sie erfahren, daß es sich dabei um Mrs. Seward handelte.

War da sonst noch jemand im Hintergrund? Jemand, der im vergangenen Sommer für sie nichts weiter bedeutet hatte als das Flattern eines Rocks, die Rückansicht eines Kopfs, eine Hand, die ein Cocktailglas hielt? Sie hatte zwei Monate im Haus der Heffernans gearbeitet, und es schien unfaßbar, daß eine Person, die mit dem Haushalt vertraut war, um zu wissen, daß das Ehepaar an dem betreffenden Donnerstag in Connecticut sein würde, während der ganzen Zeit nie mit ihr in Kontakt gekommen sein sollte.

Das Telefon zum Beispiel, das sie manchmal bedient hatte, wenn das Mädchen beschäftigt war. Ihre und Mrs. Heffernans Stimme hatten große Ähnlichkeit miteinander, und es war oft

vorgekommen, daß jemand am Apparat zu ihr sagte: »Maude, ich wollte dich noch fragen –«, bevor Lou unterbrechen konnte.
Hatte man sie etwa deswegen im Flüsterton angerufen, weil sie wußte, wie gerade diese besondere Stimme am Telefon klang?
Im vergangenen Sommer hatte der Tod ihres Vaters alles andere überschattet, und wenn sie auch erschöpft über alle im Heffernanschen Arbeitszimmer zugebrachten Vormittage nachgegrübelt hatte, so stand immerhin dem gegenüber das Bekenntnis Veuchens, daß er das Baby entführt und nachher hatte umkommen lassen. Und sie besaß keine Vergleichsbasis, nichts, das sie mit einzelnen Erinnerungen in Beziehung bringen konnte.
Die Polizei hatte ebenfalls ihre Nachforschungen eingestellt, einmal weil Veuchen ein volles Geständnis abgelegt hatte, zum anderen weil kein Motiv für ein geheimes Einverständnis – wenn es denn überhaupt angenommen werden konnte – in dem kleinen, mäßig wohlhabenden, engen Freundeskreis der Heffernans existierte. Und ihr Bekanntenkreis – Harmon Heffernans Bankkunden, Leute, die er mit Vornamen anredete und die hin und wieder vorsprachen oder zu eilig arrangierten Gesellschaften eingeladen wurden – war so groß und weitverzweigt, daß man gar nicht daran denken konnte, da zu recherchieren.
Aber oft, dachte Lou, machten auch Leute, die kurz vor dem finanziellen Ruin standen, einen gesicherten, wohlhabenden Eindruck. Wenn nun das Motiv nicht »Geld für sofort«, sondern »Geld für später« gewesen wäre – kein verzweifelter Impuls, sondern eine wohlüberlegte Transaktion, die man ebenso nüchtern wie ein Aktiengeschäft betrachtete?
Das war eine ganz besonders unangenehme Vorstellung; sie beschwor eine Person herauf, die Armut und Demütigung kennengelernt hatte und diese Erinnerung – obwohl jetzt mit irdischen Gütern gesegnet – immer noch wie eine tödliche Krankheit mit sich herumschleppte. Erstaunt machte Lou sich klar, daß sie nicht wußte, wie die meisten Leute hier mit Vornamen hießen oder welchen Beruf sie ausübten. Aber das konnte sie heute abend den Akten entnehmen. Miss Patton war für ihre

Extrahilfe im Büro sehr dankbar und gar nicht mehr überrascht, wenn Lou nach dem Essen wieder erschien.
Und wenn sie darüber erst einmal Bescheid wußte, dann würden vielleicht einige Bemerkungen aus Mrs. Heffernans freundlichem Geplauder einen Sinn ergeben. Sie wünschte sehnlichst, daß sich alles vor morgen abend klären möchte; denn wenn auch das Lösegeld abgeliefert wurde, so bot dies noch lange keine Gewähr dafür, daß man das Baby tatsächlich wiederbekam.

»Ja«, sagte Rosemary Damon unglücklich, nachdem Pavlow wieder in seine Zelle zurückgebracht worden war. »Aber ich möchte nicht gern –«
»Sie haben nur bestätigt, daß Sie ihn am Dienstag abend ungefähr um sieben Uhr auf dem Clubgelände angetroffen haben. Weiter nichts«, erwiderte Lieutenant Corey, ohne sich bewußt zu sein, daß seine Stimme einen scharfen Klang angenommen hatte. »Ich danke Ihnen, Mrs. Damon, daß Sie sich hierherbemüht haben. Sergeant Ennis wird Sie zurückfahren.«
Pavlow konnte immer noch nicht die völlige, jämmerliche Leere in seinem Gedächtnis ausfüllen: von vier Uhr nachmittags, als er ernstlich zu trinken begonnen hatte, bis gegen vier Uhr am Mittwoch morgen, als er hinter dem Vorhang seines Katzenjammers hervorlugte und sich, völlig bekleidet, auf seinem Bett in der Pension wiederfand. Das war durchaus nichts Ungewöhnliches. »Irgendwie finde ich immer meinen Weg nach Hause«, erklärte Pavlow.
Er hatte die Gelegenheit gehabt und war betrunken gewesen, aber mehr konnte man ihm bisher nicht nachsagen. Corey ließ seine Bedenken hinsichtlich der Schuld des Tellerwäschers durchaus gelten; denn er war ein gewissenhafter, unparteiischer Mann. Das bittere Gefühl in seiner Magengegend schrieb er einer Extratasse Kaffee zu.
Die Fingerabdrücke hatten bisher noch nicht zur Identifizierung der toten Frau geführt, und auch die Beschreibung der Zähne hatte kein Resultat gezeigt. Allerdings hatte man ja noch diesen Ring, der so gar nicht zu der Brosche aus Glas und Blech passen wollte. Ohne viel Hoffnung, aber weil es der

einzige Anhaltspunkt war, hatte Corey die Beschreibung des Rings in noch weiteren Kreisen zirkulieren lassen.
Um fünf Uhr an diesem Nachmittag wurde der Ring identifiziert.

12

Der Bericht traf aus Boston ein. Der Ring war vor zwei Jahren einer Mrs. Gillis McGivern aus Marblehead Neck gestohlen worden. Er war nach ihrem Entwurf von einem Juwelier in Boston angefertigt worden; und es folgte eine genaue technische Beschreibung mit der Angabe, daß die Anfangsbuchstaben der McGiverns mit einem winzigen Herz dazwischen ursprünglich auf der Innenseite des Rings eingraviert waren.
Marblehead Neck. Mit gewohnter Gelassenheit meldete Lieutenant Corey ein Ferngespräch an, aber im Geiste erblickte er mit großer Befriedigung eine Reihe stattlicher Häuser, Jachtclubs voll wohlhabender Leute in modischer Kleidung. Und Mrs. Gillis McGivern: Der Name besaß unleugbar Klang. War sie eine Witwe? Oder geschieden? . . .
Der Polizeichef in Marblehead faßte sich enttäuschend kurz. Mrs. McGivern sei eine Witwe in den Fünfzigern. Man habe damals keine Untersuchung des Diebstahls in die Wege geleitet, da Mrs. McGivern selbst darauf gedrungen habe, die Sache unter den Tisch fallen zu lassen. Sie wollte damals gerade ins Ausland reisen, um eine Tochter zu besuchen, und wünschte nicht, jenseits des Ozeans mit Nachfragen wegen eines Rings belästigt zu werden. Anscheinend habe sie sich entschlossen, im Ausland zu bleiben; denn ihr Haus in Marblehead Neck sei vor einem Jahr verkauft worden.
Lieutenant Corey kam sich vor wie ein Mann, der triumphierend nach schillernden Seifenblasen gegriffen hat und nicht fassen kann, daß seine Hand leer ist. Er forschte mit scharfer Stimme: »Wie steht es mit den Angestellten? Sie haben doch sicher ein Namenverzeichnis, nicht wahr?«
Aber anscheinend hatten sie keins. Die Polizei habe nämlich damals den Eindruck gewonnen, Mrs. McGivern habe den

Ring selbst verlegt, ihn dann wiedergefunden und es nicht zugeben wollen, da sie zuerst ein so gewaltiges Geschrei darum gemacht hatte.
»Die Haushälterin allerdings, warten Sie einen Augenblick«, sagte die ferne Stimme in Marblehead, und Corey lauschte gespannt auf das Stimmengewirr im Hintergrund: »Shrively? Nein, aber es fing mit einem S an . . . Stavely.« Der Polizeichef war wieder am Apparat. »Die Haushälterin heißt Mrs. Stavely. Sie leitet ein Altersheim oder etwas Ähnliches ganz in Ihrer Nähe – Bridgeport, Joe? –, ja, in Bridgeport. Sie wird Ihnen bestimmt Auskunft über die anderen geben können.«
Kurz nach halb sieben stieg Lieutenant Corey die breiten Holzstufen des Altersheims am äußersten Rande von Bridgeport empor. Die wenigen Tannen, die das Heim umstanden, waren dürr und zerzaust, und das Haus selbst mit seinem häßlichen weißen Anstrich, der überall abblätterte, machte einen ungepflegten Eindruck, obwohl, wie Corey genau wußte, solche Stätten viel Geld einbrachten. Ein lebhaftes Klappern mit Geschirr und Bestecken, das aus den offenen Fenstern schallte, verriet Corey, daß gerade Essenszeit war.
Die Frau, die ihm die Tür öffnete, war offenbar Mrs. Stavely selbst; niemand anders hätte eine so betonte Autorität zur Schau tragen können. Sie war eine sehr kleine, dünne Frau mit dick aufgetragenem Rouge und knallrotem Haar, das in Fransen über kleinen, schwarzen, äußerst listigen Augen hing. Sie war ungefähr sechzig Jahre alt, und Corey hatte den unbehaglichen Eindruck, daß Fransen und Rouge für diese neue Lebensstellung gewählt waren in dem krampfhaften Bemühen, sich einen liebenswürdigen Anstrich zu geben.
Nachdem Corey sich vorgestellt hatte, lud ihn Mrs. Stavely ein, ins Haus zu kommen, und er betrat einen von Dampf und Kochdünsten erfüllten Flur. Sie schritt auf eine am Ende des Flurs gelegene Tür zu.
Sie erinnerte sich sofort an die Geschichte mit dem Ring, weil das Mädchen, Jenny Harris, die des Diebstahls verdächtigt worden war, prompt, in Tränen aufgelöst, um ihre Entlassung gebeten hatte und nach Nova Scotia zurückgekehrt war. »Ich war immer der Ansicht, daß es der Chauffeur war und daß Mrs. McGivern die Sache aus diesem Grund nicht weiter

verfolgte. Sie hatte nun mal eine Schwäche für hübsche Gesichter.«

Die milde Bosheit, mit der sie diese Bemerkung äußerte, färbte auch ihren übrigen Bericht: Der Chauffeur war nur vorübergehend eingestellt worden, um Mrs. McGivern abends auszufahren. Gewöhnlich fuhr sie ihren Wagen selbst, aber sie litt gerade an einer Bursitis. »Tagsüber ließ sie sich bestrahlen, und abends ging sie aus«, setzte Mrs. Stavely erklärend hinzu. Der Chauffeur hatte Mrs. McGivern etwa zwei Monate lang gefahren, als sie eines Tages den Ring vermißte. Bei mindestens einer Gelegenheit war der Chauffeur in ihrem Schlafzimmer gewesen, und zwar, als er einen Koffer hinaufgetragen hatte. Sie besaß eine ganze Menge Juwelen, und da der Tag ihrer Abreise nach Europa näherrückte, hatte sie diese aus ihrem Banksafe geholt. Es lagen daher so viele Diamanten herum, daß ein Pferd daran hätte ersticken können, aber das einzige, was fehlte, war der goldene Filigranring.

Seltsam, dachte Lieutenant Corey; das ließ auf einen besonderen Zweck beim Diebstahl dieses Rings schließen. Er war sicherlich nicht gestohlen worden, um ins Pfandhaus gebracht zu werden; denn er hatte einen verhältnismäßig niedrigen Wert und konnte zu leicht entdeckt werden. »Ein hübsches Gesicht«, hatte Mrs. Stavely gesagt . . . War der Ring ein Geschenk für die Frau gewesen, die man morgen beerdigen würde? Hatte er vielleicht als Trauring gedient?

Lieutenant Corey zog niemals voreilige Schlüsse. So erkundigte er sich zunächst bei Mrs. Stavely nach dem Namen des Chauffeurs und bat sie um eine Beschreibung. Dabei stieß er jedoch auf unerwartete Schwierigkeiten. Mrs. McGivern hatte ihn immer »Peter« genannt und ihn wahrscheinlich durch eine Stellenvermittlung in Lynn oder Boston bekommen. Da Mrs. Stavely bei seiner Ankunft gerade beim Essen war und er fast immer in Mrs. McGiverns Chrysler hinter dem Steuer saß, hatte sie ihn nie genau unter die Lupe nehmen können. Ihrer Ansicht nach war er ungefähr dreißig, nicht sehr groß, aber kräftig gebaut; auf die Augen konnte sie sich nicht besinnen, aber er war blond. »Ich mag blonde Männer nicht«, erklärte Mrs. Stavely mit Bestimmtheit.

Ein gutaussehender blonder Mann von etwa dreißig Jahren

mit dem Vornamen Peter: Wenn man diese magere Beschreibung nach einem Zeitraum von zwei Jahren bei den Bostoner Stellenvermittlungen zirkulieren ließ, konnte man nicht allzuviel erwarten. Es bestand natürlich auch die Möglichkeit, daß die tote Frau Mrs. McGiverns Ring von jemand anders und nicht von dem Chauffeur bekommen hatte. Aber bisher führte der Chauffeur noch am ehesten zu ihrer Identifizierung. Corey war bereits an der Tür, als Mrs. Stavely hinter ihm herrief: »Jetzt, wo Sie davon sprechen, bin ich fast sicher, daß ich ihn kürzlich gesehen habe. Oder war es ein Bild von ihm? Es ist mir dabei noch aufgefallen, daß er jetzt einen Bürstenschnitt trägt. Wo war das bloß . . .?«

Ihre Augen irrten in dem kleinen, übervollen Wohnzimmer umher, als stecke der Chauffeur im Muster des Teppichs, in den staubigen Vorhängen oder im Zeitschriftenständer, der zum Bersten vollgestopft war mit alten Zeitungen.

Corey wartete.

»Ich werde Ihnen Nachricht geben«, erklärte Mrs. Stavely mit einer lebhaften Kopfbewegung. »Es wird mir schon noch einfallen.«

Lou Fabian hatte das Gefühl, daß man sie beobachtete, und schrieb es zunächst einfach ihrer Nervosität zu.

Sie hatte Miss Patton keine Erklärung dafür abzugeben brauchen, daß sie bereits um sechs Uhr wieder im Büro erschien. Miss Patton, die beim erstenmal Erstaunen und tiefe Dankbarkeit an den Tag gelegt hatte und beim zweitenmal zu leichtem Dank und Entschuldigungen übergegangen war, nahm ihr Kommen jetzt schon als Selbstverständlichkeit hin. Bei normalem Ablauf der Dinge würde sie in ein oder zwei Tagen sogar merklich kühl sein, wenn Lou keine unbezahlten Überstunden mehr machte.

Eine auffallend alkoholisierte Luft erfüllte das Büro, als Lou eintrat. »Diese Severn«, zischte Miss Patton, während sie jemandem, der gerade ins Foyer gekommen war, herzlich zulächelte. »Ich habe immer geahnt, daß sie heimlich trinkt, und jetzt – hat Bessie Ihnen schon von dem Kölnischwasser erzählt?«

Bessie war das tüchtigste Hausmädchen des Clubs. Aufs

tiefste von Mrs. Severns erstaunlicher Parfümsammlung beeindruckt, hatte sie sich den Spaß erlaubt, überall einmal eine Nase voll zu nehmen, und dabei die Entdeckung gemacht, daß sämtliche Flaschen außer einer alkoholische Getränke enthielten. An diesem Abend – darüber bestand kein Zweifel – hatte sich Mrs. Severn mit altem Whisky oder altem Brandy betupft, und man konnte nur hoffen, daß sie nicht aus Versehen ihr Arpège getrunken hatte.

»Versuchen Sie es einmal mit dem Ventilator«, schlug Miss Patton hilfreich vor, nahm ein Bündel Notizen über hawaiische Gerichte und verschwand in Richtung Küche.

Die Anträge auf Mitgliedschaft waren in einem Seitenraum des Büros abgelegt, und die meisten davon gaben bis zu einem gewissen Grad Auskunft über den gesellschaftlichen Hintergrund der fraglichen Mitglieder; der Beruf war erwähnt, ebenfalls andere Clubs, denen sie angehörten. War da etwa irgendwo, lange vor der Entführung von Amy Heffernan, unvorsichtigerweise ein kleiner verräterischer Anhaltspunkt aufgezeichnet?

Die anscheinend planlose Aktivität im Gesellschaftszimmer, die Lou bei ihrem Kommen oberflächlich registriert hatte, nahm allmählich eine bestimmte Form an. Der Pingpongtisch wurde aus dem Spielraum herbeigeschleppt und mit einem weißen Tuch bedeckt. Max erschien mit Tabletts voller Appetithäppchen und Cocktails und brachte schließlich einen Kuchen mit einer einzigen Kerze herein. Nach seinen Anordnungen wurden Stühle umhergeschoben und gruppiert, und mitten auf den Tisch setzte man einen großen Korb mit weißen Rosen.

Richtig, Mrs. Engstrand hatte ja Geburtstag und gab eine Party. Und jeder im Gesellschaftszimmer würde, solange die Feier dauerte, unmittelbar ins Büro sehen können.

Am Schaltbrett war alles ruhig. Im Augenblick schien sich die Aufmerksamkeit auf Mrs. Engstrand zu konzentrieren. Lou ging in den Nebenraum des Büros zurück und zog die staubige Aktenschublade heraus.

Allen, Ansterley, Appleford. Mai 1953. Jason E. Appleford und Miriam A. Beruf: Steuerberater. Büro in Wallstreet. Zwei Kinder, Arnold und Cecily. Andere Clubs: Bankers of Man-

hattan, Metropolitan.
In Lous Gedächtnis schien etwas aufzuflackern – aber das war unter diesen Umständen ganz natürlich. Es gehörte wohl mit zu der Hoffnungslosigkeit ihres Versuchs. Selbst wenn ihr eine Bemerkung der Heffernans einfiel, die sich auf eine dieser Personen bezog, so mußte sie sich vor Augen halten, daß sie einen zahlreichen und bunten Bekanntenkreis hatten und daß nur eine Person aus dieser Gruppe für die Entführung von Amy Heffernan verantwortlich war.
Im Geist rangierte sie die Applefords auf eine Seite. Da sich im Büro noch nichts rührte, zog sie den Antrag der Damons heraus. Er war vom Juni dieses Jahres datiert und enthielt keinerlei Überraschungen: Charles L. Damon und Rosemary P. Beruf: Gebrauchsgraphiker. Ein Kind, Elizabeth. Keine anderen Clubs. Anschrift: Terence Drive, Bronxville.
Was hatte sie sich eigentlich erhofft? Die maschinengeschriebene Information schien sie zu verhöhnen. Lou spürte eine solche Nervosität, daß es ihr förmlich in den Fingern kribbelte. Doch sie hatte nun einmal begonnen und wollte die Sache auch zu Ende führen. Engstrand . . .
»Schrecklich«, ertönte eine milde Stimme vom Büro her, »und von A bis Z falsch.«
Lou ließ die Aktenschublade eilig mit einem kleinen Krach zurückgleiten und kehrte ins Hauptbüro zurück. Irgend jemand hatte eine Bridgeporter Abendzeitung an der Rezeption liegengelassen, und Miss Lovett, deren rötliches Gesicht tiefe Mißbilligung ausdrückte, beugte sich über die verschwommene Fotografie von Joseph Pavlow. Lou hatte sie schon gesehen. »Tellerwäscher verhaftet«, lautete die Überschrift, und der Text: »Joseph Pavlow, entlassener Küchenangestellter im Coastline Club, befindet sich augenblicklich in Haft in Verbindung mit dem Mord an einer unbekannten Frau, der sich am Dienstag auf dem Clubgelände ereignete. Siehe Bericht auf Seite 3.«
Joseph Pavlow blickte dem Betrachter aus dem körnigen schwarzweißen Zeitungsbild kläglich entgegen. »Da kann mir einer sagen, was er will«, erklärte Miss Lovett mit Bestimmtheit, »aber das ist nicht das Gesicht eines Mörders. Glauben Sie das etwa, Miss Fabian?«

Wie scharf ihre Augen waren in dem gütigen, rauhen Gesicht! Lou brauchte keinen zweiten Blick auf Pavlows unrasierte Wangen zu werfen; sie sah im Geist das schlafende Gesicht Richard Mallorys, die gequälte, beherrschte Miene von Ingalls. Bloß nichts durchsickern lassen, selbst einem so gütigen Menschen wie Miss Lovett gegenüber nicht –

»Darüber kann ich nicht viel sagen«, entgegnete Lou reserviert. »Aber ich nehme an, daß ein Mörder nicht immer wie ein Mörder aussieht.«

Miss Lovett sah sie lange mit ihren hellen Augen an. »Das mag ja sein«, erklärte sie energisch. »Aber dieser Mann –«, sie tippte mit dem Finger auf Pavlows Nase. »Nie. Trunksucht, Frauen, kleine Diebstähle, ja. Aber niemals Mord.«

Hinter ihr im Gesellschaftszimmer war die Party in vollem Gange. Mrs. Engstrand trug ein graues Spitzenkleid und ihre übliche Kollektion von Halsketten, die sie bereits besaß, ehe die Chanel einen Modeartikel aus diesen Schnüren machte: Ketten aus geschnitzem, dunkelgrünem Holz, aus rosafarbenem Glas, aus türkisfarbenem Porzellan, mit kastanienbraunen und kristallklaren Kugeln durchsetzt, und unter diesen allen in scheuer Blässe das Vermögen an Perlen, das Jane McNamara erwähnt hatte. Mrs. Ames trug ein blaues Spitzenkleid und falsche Perlen.

Mr. Seward beendete gerade einen galanten Toast, und Miss Lovett kehrte ins Gesellschaftszimmer zurück, um ihr Glas mit den anderen zu erheben. Mrs. Engstrand senkte ihr oberstes Kinn als Zeichen der Dankbarkeit, und nachdem alle angestoßen hatten, folgten die Gratulationen.

War niemandem unter ihnen das Schweigen aufgefallen, das von dem rosa Haus ausging?

Lou setzte sich wieder an ihren Schreibtisch. Sie legte Papiere auf einen Haufen, die gar nicht zusammengehörten, und tat, als suche sie etwas in der mittleren Schublade. Ihre Glieder waren verkrampft. Sie hatte das Gefühl, als sei hinter ihr plötzlich ein Licht aufgeflammt, das sie aus der schützenden Hülle des Büros herausriß. Nerven, dachte sie, oder ein Gewahrwerden des Tigers – aber der Tiger war sich ihrer Gegenwart ebenfalls bewußt.

Sie kehrte nicht zu den Akten zurück, sondern blieb an ihrem

Tisch sitzen und gab sich, gleichsam zur Probe, den Blicken des Tigers preis. Die Party war in dauernder Bewegung, aber der Blick einer Person schien unverwandt auf ihr zu ruhen. Das war durchaus erklärlich. Der ganze Plan der Entführung von Richard Mallory war schließlich um die Anwesenheit von Louise Royce herum aufgebaut. Einer dieser Leute wußte, daß ihr augenblickliches Vertieftsein nur eine Vortäuschung falscher Tatsachen war.
Ungesehen fand sie den Blick, prickelte auf ihrem Hals, auf ihren Schultern.
Einbildung? Aber sie waren alle da, selbst Mrs. Gifford in schwerer dunkelblauer Seide und Ruth Ann in einem mattrosa, mit Rüschen besetzten Kleid. Wenn sie sich jetzt einmal umdrehte –
Sie tat es, oder ihr Kopf drehte sich vielmehr von selbst, und in dieser Sekunde – es war wie ein scheußlicher Traum – hatten plötzlich alle den Blick auf sie gerichtet.
Lou wurde von einer Erregung gepackt, die fast an Panik grenzte. Sie ließ ihre Augen zu den Fenstern wandern, als versuche sie, die Herkunft eines von ihr vernommenen Geräuschs zu ergründen, und ganz langsam wurde ihr klar, was eigentlich geschehen war: Der einzelne Blick hatte eine Kettenreaktion von müßigen, unbeabsichtigten Blicken ausgelöst.
Dieses allgemeine Anstarren hatte sie jedoch in Angst und Schrecken versetzt, und infolgedessen machte die kleine, unbeschreiblich unheimliche Episode, die sich kurz darauf ereignete, einen besonders tiefen Eindruck auf sie.
Die Party nahm ihren Fortgang. Die von einer Whiskywolke umschwebte Mrs. Severn schob ihre Hand fürsorglich in Miss Lovetts Arm, als ob Miss Lovett der Stütze bedürfe, und die beiden begaben sich zum Waschraum neben dem Büro, vermutlich, um die beschädigten Fassaden wieder zu reparieren – bei Mrs. Severn ein aussichtsloses Unterfangen. Die Hintertür des Büros wurde von neugieriger Hand geöffnet und fiel wieder ins Schloß. Mr. Seward wanderte mit einem Glas in der Hand liebenswürdig durch das Foyer, warf einen Blick in die an der Rezeption liegende Zeitung und strahlte Lou mit seinen kurzsichtigen Augen freundlich an.

»Wie ich sehe, ist Mr. Mallory nicht hier«, äußerte er mit seiner sanften, bedächtigen Stimme. »Das bedeutet doch hoffentlich nicht, daß Mrs. Mallory sich nicht wohl fühlt?«
Er hatte, im Gegensatz zu Miss Lovett, ganz und gar keinen scharfen Blick. Trotzdem – was sollte man bloß darauf sagen, um zu verhindern, daß diese besorgte Frage unnötige Bedeutung gewann? »Mrs. Mallory hat sich erkältet«, erwiderte sie schließlich, »aber ich glaube, es geht ihr schon besser.«
Mr. Sewards Augen funkelten vor Interesse, während er teilnahmsvoll mit der Zunge schnalzte. Offenbar kannte er sich in Erkältungen aus. »Temperatur? Hat sie mit allgemeiner Unpäßlichkeit begonnen, ist dann in den Kopf gestiegen und hat sich schließlich auf die Brust gelegt? Ich hatte im vergangenen Jahr gerade um diese Zeit auch eine Erkältung, und was meinen Sie wohl, ich bin sie bis Oktober nicht wieder losgeworden.«
Lou schüttelte mechanisch den Kopf. »Eine solche Erkältung ist noch nie dagewesen«, schloß Mr. Seward, schüttelte ebenfalls sein sommersprossiges, kahl werdendes Haupt und ging langsam davon.
Es war vielleicht fünf Minuten später, als ihr ein Cocktail aus dem Gesellschaftszimmer geschickt wurde.
Es war ein Martini, und der Wink war unmißverständlich.
Die Zeitungen hatten vor einem Jahr viel Tamtam um den einen Martini gemacht und das Wort »einen« in Anführungszeichen gesetzt. Wahrscheinlich hatte sie damals infolge des Schocks und der entsetzlichen Schmerzen an ihren Gelenken einen unzuverlässigen Eindruck gemacht, als die Reporter kamen. Lou, aus deren Gesicht alle Farbe gewichen war, streifte das Glas, das Alex so freudig und schwungvoll vor ihr abgestellt hatte, nur mit einem flüchtigen Blick. »Wer hat das geschickt, Alex?«
Erstaunt über den Ton ihrer Stimme, schwieg er zunächst und sagte dann: »Einer der Pagen sollte es herbringen, aber er hatte es vergessen. Ich nehme an, daß es von Mrs. Engstrand kommt.«
Doch in diesem Augenblick fing Lou einen Blick von Mrs. Engstrand auf, und Mrs. Engstrand hatte – davon war Lou überzeugt – leichte Überraschung gezeigt, ehe ihr Gesicht

einen wohlwollenden Ausdruck annahm. Aber konnte man etwas anderes erwarten? Mrs. Gifford würde – wenn sie das Glas geschickt hätte – genauso beleidigt ausgesehen haben ...
»Würden Sie wohl so gut sein und ihn danach fragen, Alex?« bat Lou ohne große Hoffnung, nahm das Glas und warf einen letzten Blick in das Gesellschaftszimmer, bevor sie sich abwandte. Ein milder Schreck durchfuhr sie, als sie dabei Charles Damon unmittelbar ins Gesicht starrte.
Alex würde natürlich nicht herausbekommen, wer den Cocktail geschickt hatte, weil der Page sich nicht daran erinnern würde. Vielleicht hatte der Page ein Trinkgeld dafür bekommen, daß er sich nicht entsann, aber wahrscheinlich war ihm der Auftrag unter absichtlich verwirrenden Umständen erteilt worden.
Warum hatte man ihr das Glas überhaupt geschickt? Als Warnung? Eine Erinnerung daran, daß sie Louise Royce war und jemand sie – zumindest bis zur Rückgabe des Mallory-Babys – in der Gewalt hatte?
Lou goß den Martini in den Efeutopf, der ihren Schreibtisch schmückte, und es war ihr völlig egal, ob jemand sie dabei beobachtete oder nicht. Mr. Appleford stimmte zwanglos das Lied an: »Hoch soll sie leben«, und dann begab sich die ganze Gesellschaft in den Speisesaal.
Lou kehrte zu den Akten zurück. Merkwürdig deutlich schwebte ihr das scharfäugige Gesicht von Miss Lovett vor, und sie blätterte daher in den Papieren unter L, erst rasch und dann noch einmal sorgfältig. Aber Miss Lovetts Antrag war und blieb verschwunden.

13

Miss Lovett hatte von Joseph Pavlow gesagt: »Da kann mir einer sagen, was er will, aber das ist nicht das Gesicht eines Mörders.« War das der Gipfel des Zynismus gewesen, ein absichtliches Spiel mit dem Feuer?
Der Antrag war tatsächlich verschwunden. Nicht falsch abgelegt, wie Lou sich schnell vergewisserte, sondern einfach weg.

Und die Hintertür des Büros hatte sich geöffnet, während Miss Lovett und Mrs. Severn daran vorbeischlenderten auf dem Weg zum Waschraum.
Um acht Uhr kehrte Major Soames in recht gehobener Stimmung über den Erfolg seiner Hula-Mission aus New York zurück und wurde sofort zum Mittelpunkt eines Durcheinanders, in das Lou mit hineingerissen wurde.
Seit jener Saison, als er zufällig in einer Second-Avenue-Bar auf drei arbeitslose irische Dudelsackpfeifer gestoßen war, hatte der Major die von ihm benötigten Kräfte stets selbst engagiert. Er begründete dies damit, daß die Vermittler dazu neigten, einem immer das anzudrehen, womit der Markt gerade überschwemmt war – als Beispiel führte er an, wie er einmal eine Handliniendeuterin angefordert und statt dessen drei grinsende chinesische Akrobaten bekommen hatte –, aber in Wirklichkeit ärgerte er sich nur über die Vermittlungsgebühr. Außerdem konnte er einen – für ihn – viel vorteilhafteren Vertrag abschließen, wenn er direkt mit den Leuten verhandelte.
Niemand kannte die geheimen Schlupfwinkel, in denen der Major seine Talente entdeckte, aber Tatsache war, daß er dort im Laufe des Tages drei echte hawaiische Tänzerinnen aufgespürt hatte. Er holte große Glanzfotografien aus seiner Aktentasche, und von Stund an schmückten die Bilder der drei kräftigen, nur mit Grasröckchen und Blumen bekleideten dunklen Frauen den Schaukasten im Foyer. Unter den Bildern stand ein achtsilbiges Wort mit zwei Apostrophen, darunter »und ihre Inselschwestern«.
Albert wurde aus der Küche herbeordert und nach dem Stand seiner Vorbereitungen befragt. Der Major war entsetzt, als er hörte, daß Albert hundert Hühner bestellt hatte, und verlangte von ihm, den Auftrag sofort rückgängig zu machen. »Fisch, Menschenskind, Fisch ist das einzig Wahre. Wie steht es mit Schellfisch? Können Sie den bekommen?«
Auf Alberts rebellischem Gesicht stand geschrieben, daß er Hühner bekommen würde.
»Man wickelt ihn in Blätter und so weiter«, erklärte der Major mit einer vagen, diesen Vorgang andeutenden Geste.
Albert machte plötzlich eine wütende Kopfbewegung nach

den Bürofenstern hin und fragte mit überraschender Ironie: »Ulmenblätter?«
»Wie? Ulmenblätter? Das kann *ich* Ihnen doch nicht sagen«, erwiderte der Major gereizt, »dafür haben wir ja schließlich einen Küchenchef«, und drehte ihm den Rücken zu.
Albert blieb regungslos mitten im Büro stehen. Sein Gesicht unter der hohen weißen Mütze war rot und melancholisch. Um ihn herum kamen und gingen Leute – Miss Patton, der Oberkellner –, doch Albert stand wie angewurzelt und stemmte die Hände in die Hüften: seine bewährte Methode, mit der er schon so manches rückständige Gehalt aus dem Major herausgepreßt hatte.
Major Soames drehte sich schließlich wieder um, blickte Albert zornig an und fragte Miss Patton mit lauter Stimme und einer entsprechenden Kopfbewegung: »Worauf wartet er eigentlich noch?«
Albert blickte gleichzeitig auf den Major und ins Foyer. »Fünfzig Hühner. Der Rest Fisch. In Blättern«, erklärte er mit verstecktem Hohn.
Der Major starrte ihn in ohnmächtiger Wut an, und Albert zog sich schweigend zurück. Lou erhob sich wie betäubt und fühlte Miss Pattons Blick auf sich ruhen. Gern hätte sie sich bei Miss Patton über Miss Lovett erkundigt, aber in diesem hawaiischen Tohuwabohu würde sich wohl keine Gelegenheit dazu finden, und sie war plötzlich zu müde, um noch länger zu warten. Sie ging an der Rezeption vorbei und stand auf einmal Ingalls und Dana Mallory gegenüber.

Ingalls erschien völlig gelassen, doch Lou, die sich jeden Zug seines Gesichts eingeprägt hatte, spürte sehr wohl, daß er unter seinem ruhigen Äußeren starr wie Eisen war. Dann war es also nicht seine Idee gewesen, mit Dana hier zu erscheinen – oder hatte er es als das geringere von zwei Übeln akzeptiert? Wenn fürsorgliche Freunde im rosa Haus vorgesprochen hätten, um sich zu erkundigen, warum Dana nicht im Clubhaus gewesen sei, wenn sie – wie die Leute nun einmal sind – das Baby hätten sehen wollen . . . die Folgen wären nicht auszudenken gewesen.
Danas Aufmachung war viel zu auffallend, um über ihre

wahre Verfassung hinwegzutäuschen. Schon ihr Make-up wirkte wie ein Verzweiflungsschrei; sie hatte ihre Blässe mit Rouge kaschiert, und ein Mundwinkel hob sich blau vom Rot ihrer Lippen ab. Es schien kaum möglich, daß sie sich genügend lange zusammennehmen konnte, um ihr übliches Glas Whisky zu trinken und sich das oberflächliche Clubgeschwätz anzuhören.

Lou hätte ebensogut transparent sein können: Dana starrte leeren Blicks durch sie hindurch, als sähe sie sie nicht. Es war ein gefährlicher Augenblick, und Ingalls rettete die Situation, indem er sich das hawaiische Trio im Schaukasten ansah und mit leichter Ironie bemerkte: »Sehr nett. Wo ist Zeppo Marx?«

Major Soames überhörte dies geflissentlich und sagte herzlich: »Mrs. Mallory, wieder gesund? Das ist fein. Wie geht es Ihnen, Mr. Ingalls? Ich habe schon auf Sie beide gewartet, um Sie zu einem Gläschen einzuladen . . .«

Lou kehrte ins Büro zurück, wo Miss Patton müde und abgespannt den Inhalt des Drahtkorbs durchging. Ohne Umschweife fragte Lou: »Miss Lovett stammt wohl aus Boston, nicht wahr?« Miss Patton blickte mit leicht gerunzelter Stirn auf. »Was hat das hier mit den Rosen auf sich? Ach, das ist ja schon erledigt.« Sie zerriß das Memo. »Miss Lovett? Nein, irgendwo von Long Island. Forest Hills, glaube ich. Mein Gott, Fisch in Blättern. Wir werden ihn unter einer dicken Sauce begraben müssen.«

»Oder vielleicht überhaupt begraben«, riet Lou, die trotz ihrer nervösen Spannung allmählich Miss Pattons Gewohnheit annahm, auf eine vorübergehend zur Debatte stehende Angelegenheit einzugehen. »Was für ein Mann ist Mr. Gifford eigentlich?«

»Er fabriziert die berühmten Gifford-Ventile«, erwiderte Miss Patton bissig.

»Ich weiß, aber wie ist er als Mensch?«

»Nun, er ist –« Miss Patton hielt nachdenklich inne und fuhr dann überrascht fort: »Ich weiß es nicht. Er ist mir noch nie vorgestellt worden.«

»Aber Sie haben ihn doch sicher schon mal gesehen?«

»Wenn ich es mir recht überlege«, erklärte Miss Patton heiter, »habe ich ihn auch nie zu sehen bekommen. Was halten Sie

übrigens von Weinblättern?«
»Das wäre griechisch. – Die Giffords kommen nun schon seit fünf Jahren hierher«, beharrte Lou. »Hat da noch niemand Mr. Gifford gesehen?«
»Ich glaube, er ist die meiste Zeit in New York«, sagte Miss Patton vage. »Für uns ist nur wichtig, daß er die Schecks für die Hütte unterzeichnet. Übrigens wollen die Giffords übermorgen abreisen. Die Damons und die Sewards ebenfalls. Es ist komisch, wenn einer geht, fangen auch die anderen an zu packen, aber der Major will sie dazu bewegen, wenigstens noch bis zur Hawaiischen Nacht zu bleiben.«
Übermorgen. Bis dahin würde das Lösegeld bezahlt und das Kind zurückgegeben sein. Oder auch nicht. Auf alle Fälle würde dann die Jagd nach den Verbrechern in vollem Gange und die Polizei über Louise Royce informiert sein. Und wo konnte jemand innerhalb eines Landclubs hunderttausend Dollar in bar verstecken?
Es sei denn, man war gar nicht auf den Club angewiesen. Wie Mr. Gifford zum Beispiel, der anscheinend ungesehen kam und ging. Oder man könnte eine Doppelexistenz führen – sich unter einem anderen Namen als Sommergast in der Stadt ein Zimmer mieten und dort regelmäßig von Zeit zu Zeit erscheinen; dann hätte man gleichzeitig einen Platz für das Kind und für das Geld. Nach einer gründlichen polizeilichen Untersuchung könnte man den Club eines Tages ohne auffällige Hast verlassen und am nächsten Tag das gemietete Zimmer aufgeben. Der Wirtin konnte man ja erzählen, daß man den kleinen Neffen oder Enkel wieder zu seinen dankbaren Eltern zurückbringe, die soeben eine schwere Familienkrise überstanden hätten . . .
»Sie sehen erschöpft aus«, meinte Miss Patton. »Schlafen Sie sich morgen einmal aus. Sie brauchen hier nicht vor zehn Uhr zu erscheinen. Ich gehe selbst auch bald zu Bett und mache hier alles fertig.«
Lou dankte ihr und wanderte durch die Sommernacht zu ihrer Hütte zurück. Sie hatte keine Angst um ihr Leben, denn sie spielte eine wichtige Rolle in den Plänen des Kidnappers. Dennoch durchsuchte sie ihre Hütte so gründlich, als ob sich eine Giftschlange hier versteckt hätte. Aber es stand und lag

alles an seinem Platz; auch hinzugefügt worden war nichts. Sie sehnte sich nach einem langen, entspannenden Bad, mußte sich jedoch mit einer heißen Dusche begnügen. Morgen abend ... »Sie könnten uns da helfen«, hatte Ingalls gesagt. Vor allen Dingen würde sie auch darauf achten müssen, daß sie von möglichst vielen Leuten gesehen wurde um die Zeit, wo der Austausch von Geld und Baby stattfand.
In der Hütte nebenan bekam Betsy Damon, die schon mehrere Leute bei der Ankunft ihres ersten Zahnes wachgeschrien hatte, anscheinend ihren zweiten Zahn. Lou, die darob erwachte, hoffte sehr, daß Dana Mallory das Schreien nicht hören möge, und verfiel wieder in einen unruhigen Schlaf.

Der nächste Tag brachte eine Reihe von Begebenheiten, die sich wie Mosaiksteinchen zusammenfügten und ein Ganzes bildeten.
Die namenlose, tote Frau wurde auf Kosten der Stadt in einer für solche Fälle reservierten Ecke des Friedhofs begraben. Lieutenant Corey nahm an der kurzen Begräbnisfeier teil, ebenfalls eine kleine Gruppe von Leuten, für die eine Beerdigung einem Ausflug gleichkam. Mit der Verhaftung von Pavlow war die öffentliche Neugierde erloschen.
Von den Stellenvermittlungen in Boston waren auch noch keine Berichte eingetroffen, was nicht weiter überraschend war; aber Mrs. Stavely hatte bei Corey angerufen und ihm triumphierend mitgeteilt: »Der Name fängt mit einem V an, dessen bin ich ganz sicher. Er liegt mir auf der Zunge, Peter ... Vincent? Nein, nicht Vincent, aber es ist ein V. Er wird mir schon noch einfallen.«
John Mallory kehrte im weißen Jaguar seiner Frau aus New York zurück. Als Dana, Miss Rockett und Richard in einer der Paige-Limousinen hierhergebracht worden waren, hatte man nicht vorausgesehen, daß man einen Wagen benötigen würde. John Mallory trug eine Ledermappe, die er fast immer bei sich hatte, und Dana Mallory begrüßte ihn – falls ein heimlicher Beobachter in der Nähe war – lächelnd an der Tür ihres Hauses, ohne auch nur einen Blick auf die Mappe in seiner Hand zu werfen.
Lous Gedächtnis spielte ihr während des langen, nicht enden

wollenden Tages einen grausamen Streich nach dem anderen. Flüchtig beobachtete Szenen und abgerissene Phrasen schwirrten ihr durch den Kopf. Hatte Mr. Heffernan nicht einmal etwas von Wolle erwähnt? Ja, Wolle oder etwas Ähnliches, und Mrs. Engstrands Mann war früher Textilimporteur gewesen. Aber es war hoffnungslos, in diesem Wirrwarr einen Faden zu entdecken, der zu dem Kidnapping führte.
Die Hitze an diesem Tag war unerträglich. Sie brannte durch das Laub der Bäume und schien die Luft zu versengen. Der schweigende Tennisplatz schimmerte im Sonnenglast; der Golfplatz war verlassen und das Clubhaus selbst fast leer. Die Reizbarkeit der Menschen nahm merklich zu. Der Major verbrachte eine Stunde in finsterer Laune an seinem Schreibtisch und zog sich dann in sein Zimmer zurück. Max war wütend und Miss Patton auch nicht gerade in rosiger Laune. Die Eselin verzehrte einen Teil ihrer Stalltür. Nur von Lou, die noch nicht lange hier war, erwartete man, daß sie ohne ein Wort der Klage stets hilfreich zur Stelle sei.
Aber etwas anderes lastete schwerer auf ihr, und das war der Gedanke, daß Babys in solcher Hitze oft einen Hautausschlag bekamen und unaufhörlich weinten. Bei ihrer Ankunft im Coastline Club war die Hitze nicht annähernd so groß gewesen, und doch hatte Betsy Damon in monotoner Weise stundenlang vor sich hingewimmert. Ob Richard Mallory jetzt wohl auch tüchtig schrie und dadurch unliebsame und gefährliche Aufmerksamkeit auf sich lenkte, so daß sein Entführer letzten Endes die Beherrschung verlor?
Nein. Wo er auch sein mochte, man hatte bestimmt dafür Sorge getragen, daß so etwas nicht geschehen würde. Lou sagte das immer wieder vor sich hin wie eine Litanei. Amy Heffernan mußte sterben, weil Veuchen den Kopf verloren hatte, und die Person, die hinter ihm stand, würde bestimmt eine Lehre daraus gezogen haben. Dieser Plan war narrensicher, mußte es einfach sein, weil niemand hoffen konnte, zweimal im Leben einen Mann wie Veuchen zu finden, der felsenfest davon überzeugt war, daß seine Frau sofort einem Racheakt zum Opfer fallen würde, falls er seinen Mund aufmachte.
Oder existierte diesmal überhaupt kein Komplize?

Um vier Uhr verließ Lou das Büro, und um vier Uhr dreißig schwamm sie – das Gesicht dankbar im kühlen Wasser – an dem Ende des Strandes, das sie allmählich als ihr eigenes Revier betrachtete, auf die lange Steinreihe des Damms zu.
Am anderen Ende wimmelte es von Menschen. Bunte Handtücher, leuchtende Badeanzüge und ein paar riesige, spitze Strohhüte bildeten ein ständig wechselndes, farbiges Muster auf dem gelben Sand. Das Muster schrumpfte zusammen, als Lou mit einem letzten langen Stoß nach einem der Steine griff, die den Damm bildeten.
Von irgendwoher in ihrer Nähe ertönte Ingalls' Stimme – halb überraschend, halb erwartet – und fragte gereizt: »Wo sind Sie nur so lange gewesen? Ich schwimme schon zwanzig Minuten lang an diesem elenden Strand auf und ab, und jetzt« – er rang nach Atem – »habe ich keine Puste mehr.«
Fast hätte sie über seinen verdrießlichen Ton lachen können. Er hatte auf sie gewartet, und wenn sie auch den Grund dafür nur zu gut kannte, so hätte sie doch für einen kurzen Augenblick mit einer Leichtigkeit auf dem Wasser treiben können, die mit dem Salzgehalt des Meeres nichts zu tun hatte. Seine Stimme klang hohl, und sie merkte bald, ohne daß sie den Kopf drehte – es schien auf einmal äußerst wichtig, den Kopf nicht zu wenden –, daß er sich auf der anderen Seite des Damms befand und durch einen mit Seetang angefüllten Hohlraum zwischen den Steinen mit ihr redete.
Sie sagte ganz sanft: »Das tut mir sehr leid. Ich bin gerade erst gekommen.«
Das Wasser gluckste leise. Ingalls sprach sehr rasch. »Wir müßten heute abend eigentlich eine gewisse Kontrolle durchführen. Fällt Ihnen irgendein vernünftiger Grund ein, weswegen Sie diese Leute gegen neun Uhr anrufen könnten?«
Wie phantastisch das alles klang in der sonnigen Luft, über dem klatschenden, glitzernden Wasser! »Feuerlöscher«, entgegnete Lou; sie hatte sich schon selbst Gedanken darüber gemacht. »Jede Hütte besitzt einen, und irgendwann müssen sie mal überprüft werden. Wenn das in diesem Sommer schon geschehen ist, so kann ich immer noch sagen, ich hätte ein altes, diesbezügliches Memo gefunden.«
Sie beobachtete das Spiel des Wassers zwischen den Steinen,

während Ingalls ihren Vorschlag erwog. »Gut«, meinte er schließlich. »Wollen Sie sich zuerst ins Wasser stürzen oder warten, bis ich fort bin?«

»Bin schon auf dem Weg«, rief Lou – sicherlich waren diese blitzartigen Momente der Zufriedenheit verrückt und gänzlich verkehrt – und schwamm ohne besondere Hast mit gleichmäßigen Zügen davon. Die ganze Unterhaltung – wenn man das Gespräch so nennen konnte – hatte nur zwei Minuten gedauert, so daß es für jemanden, der sie vom anderen Ende des Strands aus beobachtete, aussehen mußte, als habe sie sich nur ein wenig verschnauft.

Neun Uhr, dachte sie, als sie sich wieder der Küste näherte. Noch mehr als vier Stunden bis dahin . . .

Und es gab da noch eine äußerst wichtige Sache zu erledigen, von der Lou nichts wußte. Ingalls tat es instruktionsgemäß um acht Uhr.

14

»Es ist siebzehn Minuten vor acht. Sagen wir einmal, ein Viertel vor«, verkündete Dana Mallory. Ihre Stimme besaß seit zwei Tagen stets dieselbe gekünstelte Ruhe, aber in ihren Augen lag ein wilder Ausdruck. »Mein Gott, müssen wir denn –«

Ingalls legte seine Gabel nieder und blickte ein wenig müde über den Tisch hinweg zu John Mallory. Im Augenblick hatte er seiner Kusine überhaupt nichts zu sagen. Furcht konnte hundert verschiedene Gestalten annehmen, und man durfte es Dana nicht verargen, wenn sie bei ihr in einer leidenschaftlichen Verachtung aller, die ihr nahestanden, Ausdruck fand. Trotzdem kam Ingalls sich vor wie ein Mann, der versucht, ins Schwarze zu treffen, während ein anderer zornig an seinem Ärmel zupft.

»Ja«, erwiderte John Mallory mit ausdrucksloser Stimme. »Es bleibt uns wohl nichts anderes übrig. Und, Dana, du mußt etwas essen. Du wirst – wir alle werden –«

Unsere Kräfte gebrauchen, bedeutete sein Ton, bevor die

Nacht vorüber ist. Denn es würde eine sehr lange Nacht werden, die längste, die einer von ihnen je durchlebt hatte.
Dana nahm ihre Gabel in die Hand und sagte wie abwesend: »Erinnerst du dich noch daran, was der Arzt sagte, nachdem Richard Keuchhusten gehabt hatte? Daß wir ihn in den nächsten ein oder zwei Jahren vor Erkältungen schützen müßten –«
John Mallory sagte mit absichtlicher Schärfe: »Laß dich nicht so gehen, Dana.«
Sechsunddreißig Stunden hatten in Mallory eine erschreckende Veränderung hervorgerufen. Ingalls nahm an, daß die Linien in seinem Gesicht schon immer vorhanden, bisher aber durch seine innere Ruhe und eine zuversichtliche Heiterkeit geglättet waren. Ihr plötzliches Hervortreten und die unnatürliche Blässe seiner Haut verliehen ihm das Aussehen eines Mannes, der offenbar nahe vor einem Zusammenbruch stand.
»Ich soll mich nicht gehenlassen«, wiederholte Dana und richtete die Bemerkung an ihren Teller. »Mich nicht gehenlassen . . .«
Miss Rockett hatte das Essen früher als sonst in den Topf getan, aber das scheint auch schon alles zu sein, was sie damit gemacht hat, dachte Ingalls, um auf andere Gedanken zu kommen; der Hornfisch, die Kartoffeln und die Stangenbohnen waren nicht mehr roh, aber was im übrigen mit ihnen geschehen war, vermochte niemand zu sagen. Ein nackter Laib Brot hätte genau denselben Zweck erfüllt.
Dana hatte ihre Diät abgebrochen, und die beiden Cocktails, die sie vor dem Essen getrunken hatte, verliehen ihren Augen einen gefährlichen Glanz. Ingalls war beunruhigt. Es kam ihm vor, als atme Dana so abgemessen und flach, daß sie buchstäblich nicht genug Sauerstoff in die Lungen bekam.
Unter dem Tisch blickte er auf seine Uhr. Dana bemerkte mit ihrer sorgfältig kontrollierten Stimme, die allen auf die Nerven ging: »Das Mädchen möchte ich nie in meinem Leben wiedersehen.«
Ingalls war selbst überrascht über den Zorn, der sofort in ihm aufstieg. »Ich glaube, das beruht wohl auf Gegenseitigkeit«, sagte er mit einiger Schärfe.
»Wirklich? Es ist jetzt zwölf Minuten vor acht«, erwiderte

Dana.
»Wenn ich mich nur entsinnen könnte«, warf John Mallory ein und strich sich über sein erschöpftes Gesicht, »wer im Frühjahr mit mir über Miss Royce gesprochen hat ... Irgend jemand ließ die Bemerkung fallen: ›Sehr schwer für die Sekretärin; es wird lange dauern, bis sie das überwindet.‹ Das weiß ich noch genau, obwohl ich nicht annehme, daß es unbedingt der ...«
»Aber ich«, unterbrach Ingalls mit harter Stimme, und in diesem Augenblick brachte Miss Rockett den Kaffee herein.

Verworrene Anordnungen, dachte Ingalls, als er zur bestimmten Zeit den Weg zum Clubhaus einschlug: hier eine Botschaft und da eine Botschaft, das ähnelte ja mehr einer Schnitzeljagd als dem sonst bei Lösegeldübergaben angewandten System. Aber vielleicht war das Vorgehen absichtlich irreführend? Zuerst der mit Bleistift geschriebene Zettel, den Miss Rockett gehorsam vernichtet hatte. Dann das harsche, tragende Geflüster am Telefon – nur einmal, damit bei späterer Überlegung keine Vergleiche angestellt werden konnten, und das hatte dann zu den mit Maschine geschriebenen Instruktionen geführt, die er sich vom Postamt geholt hatte. War es dieselbe Maschine, die in der Affäre Heffernan benutzt worden war? Bestimmt nicht – die Schrift ließ sich zu leicht identifizieren. Vermutlich war die erste Maschine in Sicherheit gebracht worden, und es gehörte nicht viel Phantasie dazu, um sich vorzustellen, was hier, am Rande des Sunds, mit der zweiten geschehen war.
Dann war das Postamt als Vermittler erledigt; nichts wurde zweimal benutzt ...
Ingalls stieg die Stufen zur Terrasse empor und betrat das Clubhaus. Außer den drei Hulatänzerinnen hinter Glas, die schalkhaft über ihre Schultern blickten, war niemand im Foyer. Im Gesellschaftszimmer war Ruth Ann Gifford mit dem Plattenspieler beschäftigt. Ingalls ging zur Rezeption, und seine Augen begegneten Lou Fabians Blick.
An einem Schreibtisch in der entlegensten Ecke des Büros saß eine dunkelhaarige junge Frau, die ihm freundlich zurief: »Haben Sie schon Ihre Grasröckchen fertig, Mr. Ingalls?«

»Natürlich, ist bereits geflochten«, antwortete Ingalls und wandte sich an Lou. »Habe ich wohl zufällig einen Umschlag heute nachmittag hier liegengelassen?«
Seine Stimme klang kühl, unpersönlich, und ebenso kühl und höflich kam Lous Antwort: »Ich will mal eben nachsehen ... sollte es vielleicht dieser sein?«
Es war ein weißer Umschlag wie die anderen, aber ohne Adresse. »Ja, vielen Dank«, sagte Ingalls, nahm den Umschlag in Empfang und ging davon. Die eine Ecke des Umschlags fühlte sich recht schwer an. Er konnte sich des Gefühls nicht erwehren, Lou hintergangen zu haben – ein törichter Gedanke. Aber er hatte sie immerhin um einen Gefallen gebeten – einen ziemlich großen sogar, wenn man es genau betrachtete –, und nun dieses vor ihr verheimlicht. Aber er war gewarnt worden, mit niemandem darüber zu sprechen. Und wenn sie darum gewußt hätte, wäre es möglich gewesen, daß ihre wenn auch noch so verstohlene Aufmerksamkeit den Kidnapper ganz davon abgebracht hätte, den Umschlag in das Fach zu legen.
Unter der ersten Laterne auf dem Fahrweg riß er den Umschlag auf und schüttete den Inhalt in seine Handfläche.
Es war ein Schlüssel, ein gerader, altmodischer Schlüssel. Auf einem daran befestigten Anhänger aus vergilbter Pappe stand: »Patonket Strand, Schrank 6, Badehaus C.« Ein Name hatte ursprünglich auch darauf gestanden, war jedoch ausgewischt worden, so daß nur noch eine etwas aufgerauhte Oberfläche zu sehen war.
Ingalls kehrte ins rosa Haus zurück, wo John Mallory das Geld für ihn bereithielt: wie vorgeschrieben in Bündeln von je zehntausend Dollar, in einem festen Manilaumschlag und um diesen ein gestreiftes Badetuch gewickelt. Ingalls hätte gern ein Glas Whisky getrunken, aber viele Gründe sprachen dagegen. Er zog seinen Rock aus, rollte seine Hemdsärmel auf, als sei ihm sehr heiß, und schob sich das Badetuch unter den Arm, so daß es ganz und gar nicht nach Lösegeld, sondern nur nach einem harmlosen abendlichen Schwimmbad aussah.
John Mallory sagte nervös: »Alles Gute, Sam«, und rieb sich verwirrt die Stirn, als hätte er noch etwas anderes erwähnen sollen. Dana fragte mit ernster Miene: »Hast du auch alles?«

»Alles« bedeutete Geld, Schlüssel und Streichhölzer (*keine Taschenlampe*). Ingalls nickte, ohne ein Wort zu sagen, winkte Miss Rockett zu, die grimmig hinten in der Diele stand, und ging in die Dunkelheit hinein.

Als er die Tore des Clubs erreicht hatte, waren es noch fünfzehn Minuten entlang der Hauptstraße, bevor er zum öffentlichen Strand kam. In der warmen, stillen Nacht waren noch mehr Leute unterwegs: ein Junge und ein Mädchen mit engverschlungenen Händen, ein alter Mann mit einem Stock, zwei Jungen, die ihre Handtücher um die Schultern geschlungen hatten und deren krachende Lachsalven immer wieder die friedliche Stille zerrissen. Von Zeit zu Zeit fuhren Autos vorbei, auch ein erleuchteter Bus, der Ingalls' langen, schwarzen Schatten nachlässig auf den Asphalt warf. Die ganze Situation hatte etwas erschreckend Normales an sich, und Ingalls fragte sich, wie viele Leute mit verzweifelten Aufträgen er selbst wohl schon in seinem Leben beobachtet hatte, müßig, ohne etwas zu merken, genau wie die Menschen im Bus, deren Profile er sah.

Wasser schimmerte plötzlich zu seiner Rechten – das Patonket-Jachtbassin. Fünfzig Meter weiter befand sich der Eingang zum Strand mit zahlreichen Bekanntmachungen über Saisonkarten für Einheimische und Eintrittsgelder für auswärtige Badegäste. Die Einfahrt selbst bildete ein langes, enges U, und die schwarzen, schattenhaften Gebilde am Wasser waren die Badehäuser.

Trotz der Verbotsschilder parkten hier, wie üblich, einige Wagen, und ein gelegentliches Aufflackern von Lichtern unten auf dem Sand ließ auf die Gegenwart einer Badegesellschaft schließen. Ingalls verließ die Einfahrt und schritt über Muscheln und Steine, die laut unter seinen Füßen knirschten, zu einem hölzernen, knarrenden Steg. Beim hohlen Klang seiner eigenen Schritte fühlte sich Ingalls trotz der Dunkelheit den Blicken preisgegeben, als sei er von einem Scheinwerfer angestrahlt.

Badehaus C. Wo war es nur? Er scheute sich, an dieser exponierten Stelle ein Streichholz anzureißen, obwohl die Badegesellschaft fröhlich und mit sich selbst beschäftigt zu sein schien. Wenn die Stege, die rechts von ihm zum Wasser

hinabführten, irgendeinen Anhaltspunkt bildeten, dann lag sein Ziel am entfernten Ende.
Als Ingalls den dritten Steg erreichte, blieb er stehen. Er hatte recht gehabt: Ein weißes Plakat am Eingang trug ein großes schwarzes C. Er brauchte nicht lange zu warten; denn seine Augen hatten kaum den Buchstaben entziffert, als irgendwo in der Stadt eine Uhr neun zu schlagen begann.

Dana hörte es ebenfalls neun schlagen. Sie saß steif und starr im Wohnzimmer, und ihre Handgelenke waren vom krampfhaften Griff ihrer Finger ganz gerötet. »Jetzt legt er das Geld hin«, sagte sie. »Nun liegt es da.«
Das plötzliche Läuten des Telefons wirkte elektrisierend, obgleich es noch viel zu früh war für den einzigen Anruf, der jetzt etwas bedeutete. John Mallory eilte zu dem Tisch, der in der Nische unter der Treppe stand, sammelte sich kurz und nahm den Hörer ab. Dana, die ihren Kopf umklammert hielt, hörte, wie er ruhig sagte: »Ja, am Apparat . . . Ja, das habe ich verstanden.«
Der Hörer fiel wieder auf die Gabel. John Mallory erschien kurz im Türrahmen des Wohnzimmers. Mit seinem feuchten Gesicht und seiner plötzlich verstörten Miene wirkte er wie ein laufender, schwer atmender Mann, obwohl er völlig still stand. »Das war – klang so wie – Sam. Ich weiß nicht, warum, aber ich muß mal eben hinfahren. Bin gleich wieder da.«
Die Drahtgittertür fiel hart ins Schloß; kurz darauf hörte Dana das Geräusch des Jaguar, das jedoch bald von der Nacht verschlungen wurde.
Irgend etwas war schiefgegangen.
Wie eine Schlafwandlerin bewegte sich Dana zum Telefon und nahm den Hörer ab. Sie wußte – aber es war ihr im Moment gleichgültig –, daß es Louise Royces Stimme war, die ihr antwortete. Stammelnd fragte sie: »Der Anruf, den Sie soeben hierhergeleitet haben, war der –?«
Doch sie konnte es nicht aussprechen. Eine entsetzliche Furcht bemächtigte sich ihrer auf einmal, preßte ihr die Lungen zusammen und legte sich ihr wie ein Stein aufs Herz. Ganz sacht ließ sie den Hörer auf die Gabel gleiten und setzte sich langsam auf die unterste Treppenstufe, als wolle sie diese

Anstrengung vor ihrem Herzen verbergen. Der Stein auf ihrer Brust wurde ein wenig leichter, und das betäubende, empörte Brausen in ihren Ohren ließ allmählich nach. Nach einer Weile wagte sie es sogar, ihre Stimme zu erheben.

»Miss Rockett? . . . Miss Rockett!«

Aber niemand antwortete.

Lou zog den Stöpsel heraus und unterbrach auf diese Weise die Verbindung zum rosa Haus. Sie verspürte eine lähmende Unruhe. Was hatte Dana Mallory bewogen, so plötzlich aufzulegen? Aber die Kinderschwester war ja bei ihr . . .

In ihren Ohren klang immer noch die helle, mechanische Stimme des vorhergehenden Anrufs, die kurz und bündig verlangte: »Mr. Sam Ingalls, bitte, hier ist das Telegrafenamt Western Union.«

Vielleicht war es das Telegrafenamt – vielleicht auch nicht. Sie überlegte rasch, daß sie ja nicht wissen durfte, daß Ingalls nicht zu Hause war, und stellte deshalb die Verbindung mit dem rosa Haus wieder her, gerade als die neun Schläge der Turmuhr verhallt waren.

Neun Uhr. Die entscheidende Stunde. Nein, noch nicht ganz. Es fehlten noch ein, zwei Stunden – oder wie viele, bis Richard Mallory zurückgebracht wurde?

Lou hatte hilflos beobachtet, wie sich gegen halb neun, gerade nachdem Ingalls seinen Umschlag abgeholt und das Clubhaus verlassen hatte, eine Badegesellschaft zusammenfand, die nicht zum Strand des Clubs gehen wollte, sondern zum öffentlichen Strand in Patonket, wo genügend Treibholz lag, um ein Feuer zu machen.

Lou konnte nicht sagen, von wem der Vorschlag gekommen war; alle schienen auf einmal dafür zu sein. Das Foyer schwirrte plötzlich von Stimmen: »Sie fahren mit uns zusammen.« – »Nein, wir nehmen unseren eigenen Wagen, kommen Sie mit uns.« – »Jason stiftet den Whisky, und ich stifte das Eis.« – »Gehen wir wirklich ins Wasser? Ich meine, sollen wir unser Badezeug mitnehmen?« – »Aber natürlich gehen wir baden!«

Keiner von ihnen konnte also zeitlich festgenagelt werden.

Dennoch machte Lou mit grimmiger Miene einen Versuch. Sie brauchte nicht in Mrs. Engstrands Zimmer anzurufen, weil Mrs. Ames vorbeikam, um ihr zu sagen, daß Mrs. Engstrand

früh zu Bett gegangen sei; und wenn sie aufwachen und nach ihr fragen sollte, würde Lou ihr dann bitte ausrichten, daß Mrs. Ames einen Spaziergang mache – »Es ist so heiß heute abend, ich kann wirklich noch nicht schlafen« – und in ganz kurzer Zeit wieder zurücksein würde.
Mrs. Severn hatte sich der Badegesellschaft angeschlossen. Ebenfalls die Applefords und Miss Lovett, die gefügigen Smithwicks und ein geräuschvolles Paar, das anscheinend von Mrs. Severn eingeladen worden war. Ruth Ann Gifford, die nicht mit zum Strand gehen durfte, saß schmollend im Gesellschaftszimmer vor dem Fernsehapparat. Lou, die eine Hütte nach der anderen anrief, ohne eine Antwort zu erhalten, hörte schließlich Mrs. Sewards angenehme, freundliche Stimme: »Feuerlöscher? Aber selbstverständlich, da haben Sie ganz recht. Solche Apparate müssen von Zeit zu Zeit überprüft werden. Einen Augenblick, bitte . . .« Und Lou hörte, wie Mrs. Seward ein wenig undeutlich, als habe sie den Kopf abgewandt, sagte: »Walter, wir sollen den Feuerlöscher prüfen . . . Nun, wahrscheinlich schütteln, um zu sehen, ob er voll ist.« Dann erklang ihre heitere Stimme wieder am Apparat: »Unser Feuerlöscher scheint in Ordnung zu sein.«
In der Hütte der Giffords meldete sich niemand. Vielleicht ganz gut, dachte Lou ein wenig erschöpft. Der Feuerlöscher, der bisher Mrs. Giffords Luchsaugen entgangen war, würde bestimmt zu groß oder zu klein oder gar – wenn so etwas möglich war – zu voll sein. Immerhin, war sie zu Hause und vielleicht gerade unter der Dusche, oder war sie nicht da?
Das Ganze war offensichtlich ein hoffnungsloses Unterfangen. Lou wollte gerade ihr Heil bei den Damons versuchen, als das Licht aus dem Nebengebäude aufblitzte.
»Miss Fabian, sorgen Sie dafür, daß Max sofort zum Bahnhof fährt«, sagte Miss Patton mit aufgeregter Stimme. »Es handelt sich um den Zug, der um neun Uhr fünfzehn eintrifft. Die Duhamels kommen an und bringen sich um, wenn sie nicht abgeholt werden.«
Auf so etwas hatte Lou die ganze Zeit unbewußt gewartet – plötzlich vom Club weggeschickt zu werden und gerade um diese Zeit, genau zehn Minuten nach neun. Niemand hatte je herausbekommen, wo Max sich aufhielt zwischen halb neun

und Mitternacht, wenn er alles abschließen mußte. Auf irgendeine mysteriöse Weise waren diese Stunden ganz allein »seine« Stunden. Vielleicht hielt er Zwiesprache mit der Eselin, aber da er seit halb sechs auf den Beinen war, ließ sich wohl eher annehmen, daß er sich in einen stillen Winkel verzog und ein paar Stunden schlief.

»Max ist nicht hier«, erklärte Lou mit fester Stimme.

»Dann müssen eben Sie gehen. Nehmen Sie den Kombiwagen. Ich werde sofort rüberkommen, um sie im Büro zu vertreten.« Der Hörer wurde aufgelegt.

Den Kombiwagen nehmen, in die Nacht hinausfahren auf der Jagd nach nicht existenten Leuten und später versuchen, diese Abwesenheit zu erklären . . . nein, dachte Lou, das gibt's nicht. Wenn die Entführung bekannt, wenn Louise Royces Theorien vom letzten Jahr wieder auflebten, würde Miss Patton dann zugeben oder sich auch nur daran erinnern, daß man sie getäuscht hatte?

Auf dem Bahnhof konnte sie nicht anrufen, wohl aber im Taxibüro auf der anderen Seite der Straße. Um achtzehn Minuten nach neun erkundigte sich Lou dort telefonisch, ob jemand bei ihnen gewesen sei, der zum Coastline Club wollte. Nein, und der Bahnsteig sei leer.

Sie hatte gewußt, daß Duhamel ein erfundener Name war, und trotzdem traf sie die Bestätigung wie ein besonderer Schock. Auch hatte sie das Gefühl, als würde man ihr die Weigerung, ihren Posten zu verlassen, irgendwie heimzahlen. Lou ließ ihr Gesicht in die Hände sinken. Doch hinter ihren geschlossenen Augenlidern und schützenden Handflächen herrschte ein wirres Durcheinander von zusammenhanglosen Sätzen und Bildern.

Mrs. Engstrand, die zu ihrer Gesellschafterin sagte: »Wir werden schön in der Patsche sitzen.« Miss Lovett: »Man kann mir sagen, was man will, aber das ist nicht das Gesicht eines Mörders.« Dann wieder die verschwommene Erinnerung an »Wolle« – »In der Wolle sitzen?« Nein, das war es nicht. Mr. Appleford mit seinem erbarmungslosen Vergnügungsprogramm; seine Frau, die so korrekt war, daß sie es wahrscheinlich fertiggebracht hätte, zweiunddreizehntel Kinder zur Welt zu bringen, wie die statistische Durchschnittsziffer für ehemali-

ge Studentinnen ihrer Universität es verlangte; die höflichen, selten zu sehenden Sewards; der unsichtbare Mr. Gifford, der Schöpfer der Gifford-Ventile. Mrs. Severn, stets von starken alkoholischen Dünsten umschwebt.
Es ratterte im Klappenkasten. Gereizt rieb sich Lou die Schläfen und den schmerzenden Nacken, bevor sie den Kopf hob. Der Anruf kam aus dem rosa Haus. Und schierer Zufall erreichte, was bewußtes Planen nicht fertiggebracht hatte: Lou hörte nur einen einzigen Augenblick hin, dann war sie schon draußen in der Dunkelheit und rannte wie um ihr Leben.

15

Mrs. Stavely plagte ihr Gedächtnis unablässig mit grimmiger Verbissenheit. Sie fühlte sich durch Lieutenant Coreys Interesse geschmeichelt und kam sich ungeheuer wichtig vor. Außerdem hatte sie den größten Teil ihres reiferen Lebens damit zugebracht, kleinen Geheimnissen auf den Grund zu gehen: Unstimmigkeiten in der monatlichen Abrechnung des Lebensmittelhändlers, ein Bratenrest, der auf unerklärliche Weise verschwunden war, Flecken auf dem Messing der Kamingeräte, obschon sie doch extra befohlen hatte . . . Wurde der Missetäter entdeckt, so konnte sie einen kleinen Triumph verbuchen; blieb er unentdeckt, dann war es eine gewaltige Niederlage.
Wie hatte der Chauffeur ausgesehen?
Peter V –. Erst langsam kam ihr zu Bewußtsein, daß sie den Namen und das Gesicht irgendwo gedruckt gesehen haben mußte. Wie hätte sie sonst wohl, da sie doch nie den Nachnamen dieses Mannes gehört hatte, mit solch tödlicher Sicherheit auf den Buchstaben V kommen sollen?
Leider waren ihre Augen nicht mehr so gut wie früher. Wenn ihr also das Gesicht des Chauffeurs auf einer gedruckten Seite aufgefallen war, so mußte es sehr groß und gut erkennbar gewesen sein.
Aber wo nur? In einer Illustrierten wohl kaum. Vielleicht in

einer Zeitung? Mrs. Geary und Mrs. Nissen und die alte Miss Giles hielten die hiesige Tageszeitung, aber Mrs. Stavely interessierte sich nicht allzusehr dafür. Miss Felton las jedoch ein New Yorker Sensationsblatt, das sonntags erschien. Darin hatte man alles, was man sich nur wünschen konnte: Mord und Totschlag, sich in den Haaren liegende Schauspielerinnen, eine Autobiographie in Fortsetzungen mit dem Titel »Ich war eine Halbweltdame«. Mrs. Stavely hatte rasch herausbekommen, wie sie dieses Blatt an sich reißen konnte: Sie pflegte sich hinter Miss Feltons Stuhl zu stellen und mit einem Lächeln von oben herab zu sagen: »Oh, nicht eher, als bis Sie ganz damit fertig sind, Miss Felton . . . sind Sie ganz sicher? Na schön, da ich gerade mal eine Minute Zeit für mich habe . . .« Und dann eilte sie mit dem Blatt davon, um es in ihrem Zimmer zu verschlingen . . .

Die vergilbten Blätter, die fast drei Monate zurückreichten, lagen hoch aufgeschichtet da, und irgendwo in diesem Stapel hielt sich der Chauffeur versteckt. Vorher hätte Mrs. Stavely ihn keines zweiten Blickes gewürdigt; denn er war ein kaum gesichteter Fremdling aus einer Vergangenheit, mit der sie in ihrer neuen Unabhängigkeit nichts mehr zu schaffen haben wollte. Sie hätte sich gedacht, wenn ihr beim ersten Anblick des Bildes überhaupt ein Gedanke gekommen wäre, daß er wieder etwas gestohlen habe und diesmal dabei ertappt worden sei.

Sie begann, die Seiten umzublättern.

»Er ist nirgendwo hingegangen«, erklärte Rosa Carusone mit einem Blick über die Schultern in Richtung von Pavlows Zelle. Sie war die Besitzerin des Gasthauses »Riverside Grill«, eine rundliche, dunkelhaarige Frau mit der richtigen Mischung von Härte und Weichheit, die eine Wirtin braucht.

»Und Sie waren laut Ihrer Aussage am Dienstag abend von fünf bis elf Uhr in der Bar. Wollen Sie mir etwa erzählen«, fragte Lieutenant Corey ungläubig, »daß Sie die ganze Zeit hindurch einen einzelnen Kunden im Auge behalten haben?«

»So ist es«, bestätigte Rosa lebhaft.

Corey lehnte sich zurück. Eine ganze Reihe von Leuten hatte sich hilfreich um Joseph Pavlow geschart, was ihm bisher allerdings mehr geschadet als genutzt hatte. Nach den verschiedenen Aussagen hatte er die Nacht bei kranken Tanten gewacht, mit Freunden Boote abgedichtet, kleine Kinder mit Zauberkunststücken unterhalten. Corey wurde die Geschichte allmählich leid.

Mit kalter Stimme sagte er: »Man hat ihn im Coastline Club gesehen und erkannt.«

»Dann«, erklärte Rosa, ohne mit der Wimper zu zucken, »hat er aber nichts getan.«

Corey streckte die Hand nach dem Telefon aus.

Die Tür zum rosa Haus stand ein wenig offen. Ein Lichtkegel vergoldete einige Zedern und hob sie aus dem Dunkel der Nacht heraus. Lou stieß bei ihrem stürmischen Eintritt die Tür weiter auf, so daß sie gegen die Wand flog. Das Echo dieses Geräuschs hallte durch die leere Diele und drang bis ins Wohnzimmer.

An einer grauen Wand lag Dana Mallory, bleich und ausdruckslos, auf einer Couch. Am Kopf- und Fußende dieser Couch standen wie die Statuen zweier Schutzengel John Mallory und Miss Rockett, die sich umdrehten und wie gebannt die im Türrahmen stehengebliebene Lou anstarrten.

»Ich habe angenommen –«, begann Lou atemlos, und dann auf einmal machte sich das Schweigen im Raum bemerkbar, ein Schweigen, das sich aus Hoffnung, Furcht und Haß zusammensetzte. Sie errötete tief, und Zorn wurde der schon geladenen Atmosphäre hinzugefügt. Sie war unbesonnen aus dem Büro gestürmt und den dunklen Fahrweg hinabgeeilt, weil sie nach dem Anruf aus dem rosa Haus nur ein ganz schwaches Atmen in der Leitung vernommen und daraus geschlossen hatte, daß Dana Mallory etwas zugestoßen sei und sie womöglich im Sterben liege. Nun mußte sie diesen feindlichen Gesichtern erklären, daß sie keine Abgesandte des Kidnappers war.

Und wo waren sie alle gewesen? Irgend etwas war Dana bestimmt passiert; zumindest war sie ohnmächtig geworden.

Miss Rockett rührte sich und murmelte heiser: »Ich dachte, ich hätte ihn – schreien hören, irgendwo da draußen, und ich nahm an, daß vielleicht –« Sie schüttelte verwirrt den Kopf.

»Kann es vielleicht eine Katze gewesen sein?«
Niemand antwortete ihr. John Mallory sagte etwas gezwungen: »Es kam da ein Telefongespräch –«, und Dana Mallory drehte sich sehr langsam auf der Couch um und blickte Lou ins Gesicht.
»Wo ist er, Miss Royce?« Das Flüstern war erschütternder als ein Schrei. »Wo ist mein Kind? Das Geld war nicht gekennzeichnet, ich schwöre es. Ich werde auch keine Anzeige erstatten, das will ich Ihnen gern schriftlich geben.«
Ich. Mein Kind, als ob der Mann am Fußende der Couch überhaupt nicht existierte. Kein Mensch, dachte Lou, sollte ein anderes menschliches Wesen so beschwörend, ja fast winselnd ansehen, wie Dana Mallory sie anblickte, und sie sagte ein wenig schroff: »Ich habe keine Ahnung, wo Ihr Kind ist, Mrs. Mallory.« Sie wollte sich gerade zum Gehen wenden, da spürte sie, daß jemand hinter ihr stand.
Über ihren Kopf ertönte Ingalls' ruhige Stimme: »Woher kam der Anruf, John?«
Mallorys Gesicht war eine undurchdringliche Maske. Lou, die auf einmal diese verkrampfte Hysterie auch nicht einen Augenblick länger ertragen zu können glaubte, stürzte blindlings mit gesenktem Kopf an Ingalls vorbei. Sie spürte – und wußte, daß das Gefühl noch lange andauern würde –, wie er leicht die Hand auf ihren nackten Arm legte, um sie zurückzuhalten.
»Warten Sie«, sagte Ingalls.
»Nein!« rief Lou, riß die Haustür auf und ließ sie hinter sich ins Schloß fallen.

Lou fühlte sich, als sie rasch zum Clubhaus zurückkehrte, außerordentlich leicht und beschwingt, als habe sie einen beengenden, erstickenden Mantel abgeworfen und könne sich nun ungehindert zur Wehr setzen. Vorsicht war allerdings noch geboten, denn jetzt, wo das Lösegeld bezahlt und wahrscheinlich abgeholt worden war und sich das Kind noch in den Händen des Entführers befand, kamen die gefährlichsten Stunden. Aber sie wollte nicht länger passiv warten; davon hatte sie genug.
Als sie das Büro betrat, war Miss Patton am Telefon und sagte abwechselnd: »Ja, Herr Major«, »nein, Herr Major«, und legte

schließlich auf. Sie bedachte Lou mit einem strengen Blick. »Wenn Sie einen Grund haben, das Büro zu verlassen, Miss Fabian –«

Aber Lou hatte in der Diele des rosa Hauses aufgehört, eine gehorsame Angestellte des Coastline Club zu sein, und fragte energisch: »Wer hat Ihnen gesagt, daß gewisse Leute namens Duhamel mit dem Zug um neun Uhr fünfzehn ankommen würden, Miss Patton?«

»Duhamel?« Miss Patton runzelte erstaunt ihre weiße Stirn. »Ich habe noch nie etwas von irgendwelchen Duhamels gehört. Miss Fabian, Sie müssen aber wirklich –«

Aber Lou hatte bereits das Büro verlassen, das Foyer durchquert und schritt im Gesellschaftszimmer direkt auf den weißen Ledervorhang zu, der die Fernsehnische abtrennte. Der Apparat war angestellt, und es lief gerade ein Quiz-Programm; ein über das ganze Gesicht strahlender Zeremonienmeister rief einer zielbewußten Lou entgegen: »Eine elektrische Wasch- und Trockenmaschine, eine vollständige Herbstgarderobe, eine Nerzstola im Werte von 3000 Dollar – alles für Sie, Mrs. George Linsley aus Smallwood, Pennsylvania!«

Der Raum war leer, das Fenster nicht ganz geschlossen.

»Und das ist noch nicht alles«, begann das 68-Zentimeter-Gesicht von neuem.

Lou stellte den Apparat ab und kehrte ins Büro zurück. Miss Patton hatte offenbar Zeit gehabt, sich zu überlegen, daß Lou unbezahlte Überstunden machte, und sagte in beinahe entschuldigendem Ton: »Major Soames wird immer fuchsteufelswild, wenn niemand im Büro ist – was ist denn los, Miss Fabian?«

Lou hatte ihr den Rücken zugekehrt und war eifrig am Stöpseln. Dann fragte sie mit ruhiger Stimme: »Ist Ruth Ann dort, Mrs. Gifford?«

»Meine Tochter ist schon im Bett«, erwiderte Mrs. Gifford in eisigem Ton. »Darf ich fragen, wer etwas von ihr wünscht?«

»Lou Fabian, hier im Büro. Bitte, ich möchte mit Ruth Ann sprechen, Mrs. Gifford. Es ist ziemlich wichtig.«

»Aber wirklich, Miss Fabian. Meine Tochter ist ganz erschöpft nach Hause gekommen, und ich bin überzeugt, daß das, was

Sie ihr zu sagen haben, bis morgen früh Zeit hat. Sie wissen sicher nicht, daß es beinahe zehn Uhr ist.«
»Doch, das weiß ich, Mrs. Gifford. Aber ich glaube nicht, daß Ruth Ann schon eingeschlafen sein kann.«
»Sie glauben nicht –! Ich muß sagen, ich schätze Ihren Ton nicht besonders, Miss Fabian.«
»Und ich muß sagen, ich schätze es nicht besonders, wenn man mich an der Nase herumführt«, entgegnete Lou in ebenso schneidendem Ton. »Aus diesem Grund möchte ich mit Ihrer Tochter reden.«
Mrs. Gifford schnappte hörbar nach Luft. »In all den Jahren, in denen ich hierhergekommen bin«, erklärte sie in gemessenem Ton, »ist mir eine solche – eine solche –«
»Unverantwortliche Frechheit noch nicht vorgekommen«, ergänzte Lou mit einiger Heftigkeit. »Eine nicht zu verzeihende Unverschämtheit. Ich kann mir vorstellen, wie Sie sich fühlen. Aber mir ist in meinem ganzen Leben ein Mädchen wie Ruth Ann auch noch nicht über den Weg gelaufen.«
Es folgte ein lähmendes Schweigen. »Verbinden Sie mich bitte sofort mit Major Soames«, keuchte Mrs. Gifford.
»Major Soames ist ganz erschöpft nach oben gegangen«, sagte Lou und legte auf.
Sollte sie die Giffords in ihrer Hütte aufsuchen und Ruth Ann, die zweifellos dazu aufgefordert worden war, Miss Fabian einen Streich zu spielen, und die das Fenster in der Fernsehnische verräterisch hinter sich offenstehen ließ, als sie hinausschlüpfte, um das Telefon im Nebengebäude zu benutzen, aus dem Bett zerren und ihr Vorhaltungen machen? Niemand sonst im Club besaß ein solches Nachahmungstalent wie Ruth Ann, aber es lag klar auf der Hand, daß irgend jemand sich ihre Bosheit und ihren Stolz auf ihre besondere Begabung für einen bestimmten Zweck zunutze gemacht hatte; denn der Zeitfaktor konnte kein bloßer Zufall sein.
Lou verwarf den Plan als sinnlos; denn in diesem Augenblick stellte Mrs. Gifford wahrscheinlich gerade ihre Tochter zur Rede, die alles unter Tränen ableugnen würde, und beide würden diese Lüge bis zum äußersten aufrechterhalten. Der ganze Zwischenfall würde später wohl gar noch so hingestellt werden, als habe Louise Royce versucht, den Verdacht auf ein

dreizehnjähriges Kind zu lenken.
Und wie hätte sie erklären können, warum sie so hartnäckig darauf bestand, alles zu erfahren, und warum die ganze Sache so wichtig war? Dies war die waffenlose Zwischenzeit – die Zeit, wo Veuchen, nachdem er das Lösegeld eingestrichen und nachgezählt hatte, durch das Schreien von Amy Heffernan den Kopf verlor und sie einfach im Sumpf hatte sterben lassen.
Es hing alles in der Schwebe – wie bei einer empfindlichen Waage, an die man nicht rühren darf.
Was, dachte Lou in einer Anwandlung von Panik, was, in aller Welt, hatte sie denn nur getan?

»Veuchen«, schnatterte Mrs. Stavely aufgeregt ins Telefon. Sie war mehrere Male gestört worden, als sie grimmig ein Gesicht nach dem anderen in dem Sensationsblättchen aufs Korn nahm, und obwohl sie nicht gewohnt war, bis nach zehn Uhr aufzubleiben, hatte ihr Triumph letzten Endes doch die Müdigkeit besiegt. »V-e-u-c-h-e-n, Peter Veuchen. Er hält seinen Kopf nach unten, aber ich habe ihn wiedererkannt. Sein Haarschnitt hat mich vorher wohl irregeführt. Den hat er wahrscheinlich im Gefängnis bekommen, und wissen Sie auch«, fuhr Mrs. Stavely mit wachsender Erregung fort, »weshalb er im Gefängnis war?«
Lieutenant Corey wußte es. Es handelte sich um die Entführung auf Long Island vor einem Jahr, und das Kind war gestorben. Mit den Einzelheiten des Falles war er nicht vertraut. Er hatte aber gehört, daß nach Ansicht mancher Leute Versuchens Verurteilung und Hinrichtung keineswegs den endgültigen Abschluß des Falles darstellten, wie es den Anschein hatte. Und dann existierte da noch eine Witwe, die angeblich über jeden Verdacht erhaben war. Daher keine Fingerabdrücke . . .
Corey legte schließlich auf. Er sah ruhig und gelassen aus, aber seine Hand war feucht und verkrampft, weil sie den Hörer so lange und fest umklammert hatte. Er war von einer fast unerträglichen Erregung erfüllt. Sein Blick ruhte immer noch auf dem Telefon. Sollte er die Polizei von Long Island anrufen und sie bitten, sofort festzustellen, wo Mrs. Veuchen sich gegenwärtig aufhielt – und sich gleichzeitig den Fall entreißen lassen, so

daß sein Name nur am Schluß einer endlos langen Zeitungsspalte erschien: Polizeihauptmann Soundso wurde bei seinen Nachforschungen von . . . unterstützt?
Daß Veuchen eine Witwe zurückgelassen hatte, war allgemein bekannt; ebenfalls der Diebstahl des goldenen Filigranrings, den die tote Frau als Trauring getragen hatte. Nachdem Corey die Sache nach allen Richtungen hin erwogen hatte, kam er rasch zu einem Schluß – und blieb dabei.
Warum war Mrs. Veuchen in ihrer Wohnung oder in ihrem möblierten Zimmer nicht vermißt worden? Es ist eine unumstößliche Tatsache, daß sich in einer Großstadt keiner darum kümmert, ob sein Nachbar lebt oder, wie in diesem Fall, stirbt, und daß sich bei Hauswirten nur dann ein Verdacht regt, wenn die Miete nicht bezahlt wird oder das Gepäck verschwindet. Die tote Frau war ohne jegliches Gepäck, sogar ohne Hut und ohne Handschuhe auf dem Bahnsteig aufgetaucht.
Aus dem Fehlen von Hut und Handschuhen hatte man zuerst geschlossen, daß es sich um jemanden handelte, der schon hier in der Stadt wohnte und eben schnell zum Bahnhof gefahren war, um einen Bekannten vom Zug abzuholen. Worauf deutete dies aber bei Mrs. Veuchen hin? Auf eine Reise, die sie, der Eingebung des Augenblicks folgend, so wie sie gerade war, unternommen hatte. Sie konnte sehr wohl einen konkreten Anhaltspunkt entdeckt haben für die vage, in offiziellen Kreisen vorherrschende Ansicht, daß ihr Mann nicht der einzige Missetäter oder gar der Urheber bei der Entführung auf Long Island gewesen war. Vielleicht ein flüchtig auf der Straße erhaschtes Profil, das eine Erinnerung in ihr wachrief, oder eine an einem Zeitungskiosk oder Fahrkartenschalter gehörte Stimme, die sie wiedererkannte und der sie aus einem Gefühl unergründlicher Bitterkeit heraus sofort folgte.
Bis zu dieser Stadt folgte. War sie etwa dem Taxichauffeur deshalb so aufgeregt vorgekommen, weil sie ihre Beute in einen Kombiwagen klettern sah und fürchtete, sie könnte ihr entwischen, bis sie dann die Beschriftung auf der Seite des Wagens las und die Verfolgung wieder aufnehmen konnte?
Was sie auch für das Ende der Jagd geplant haben mochte, es

muß in aller Heimlichkeit geschehen sein; denn es lagen mindestens zwei Stunden zwischen ihrer Ankunft auf dem Bahnsteig und ihrem Tod im Wald. Hatte sie diese Zeit hinter mehr als einer Hütte wartend zugebracht?
Und was machte die von ihr verfolgte Person überhaupt im Coastline Club? Genoß sie das Dasein mit Hilfe des nie entdeckten Anteils am Lösegeld von der Long-Island-Affäre? Oder steckte gar noch etwas anderes dahinter?
Die Mallorys. Reich, die Frau kränklich. Eltern eines kleinen Sohnes.

Es war Ingalls, der Lieutenant Corey die Tür des rosa Hauses öffnete. Er wirkte nicht so sachlich und gelassen wie damals, als er sich die tote Frau angesehen und bedauernd den Kopf geschüttelt hatte. In diesem Augenblick war er nervös und äußerst aufgebracht. Mit einem Blick über die Schulter Coreys sagte er: »Um Himmels willen, stellen Sie doch das Ding ab!« Und Sergeant Ennis, der den zornigen Unterton in der Stimme sehr wohl registrierte, kehrte um, ohne auf das Nicken des Lieutenants zu warten, und drehte das rote Blinklichtsignal aus.
»Das hat uns gerade noch gefehlt«, sagte John Mallory mit trostloser Stimme hinter Ingalls. »Nun ist alles aus. Besten Glückwunsch, Lieutenant.«
Sie warteten gerade, wie Corey sehr bald entdeckte, auf einen Anruf, der sie davon unterrichten sollte, wo das Kind abzuholen sei. Wenn aber gerade um diese Zeit ein Streifenwagen mit blinkendem Licht den Fahrweg hinaufraste, dann war nicht anzunehmen, daß der Anruf überhaupt kommen würde. Es war eher anzunehmen –
Dana Mallory verlor die Fassung und brach zusammen. Die Kinderschwester, aus deren bleichem Gesicht ein Paar rotumränderte Augen starrten, brachte sie mit Gewalt zu Bett und verpaßte ihr eine Spritze. Da das Unglück nun einmal geschehen war, rief Corey, der sich so unbehaglich fühlte, wie er aussah, die Polizei im benachbarten Byfield an und bat um Verstärkung. Wenn er schon gekommen war, mußte er wenigstens einige Leute hinter sich haben. Unter Umständen ließ sich das Unheil noch in einen Coup verwandeln. Vielleicht

waren um – er blickte auf seine Uhr – kurz nach elf die Anordnungen für die Übergabe des Babys schon getroffen und ließen sich nicht wieder rückgängig machen. Dann ging er hinaus und setzte sich zu Sergeant Ennis in den dunklen Wagen, der nun, da das Signallicht nicht mehr blinkte, wie jeder andere Wagen in der heißen, schwarzen Nacht aussah. Jetzt war es an der Zeit, Louise Royce – und wenn er an diesen Namen nur dachte, packte ihn der Zorn – einen Besuch abzustatten.

16

Louise Royce war nicht in ihrer Hütte, obwohl die Lampen brannten und es so aussah, als ob sie gerade hier gewesen sei. Corey entdeckte sie, kurz nachdem er geklopft hatte, auf dem Grasweg zwischen ihrer Hütte und der Hütte der Damons, wo sie mit bleichem Gesicht zu ihm emporstarrte. Sie hatte offenbar durch ein Fenster geblickt, hinter dem Corey ein Licht unbeständig flackern und dann erlöschen sah. Sie schien gänzlich verwirrt, als sie zu ihm sagte: »Sie sind – ich glaube, sie sind verschwunden.«

Lou hatte Besuch gehabt, als sie kurz nach halb elf in ihre Hütte zurückgekehrt war. Sie war bis dahin im Büro geblieben, innerlich erregt und mit dem deutlichen Gefühl, es würde bald etwas geschehen, und weil Miss Patton, deren tiefes Entsetzen über das Telefongespräch mit Mrs. Gifford mittlerweile der Überlegung Platz gemacht hatte, daß es schwierig sein würde, mitten in der Saison für Lou einen Ersatz zu finden, rasch zu ihr gesagt hatte: »Ich werde Mrs. Gifford klarmachen, daß Sie sich nicht wohl fühlten – Fieber hatten. Mein Gott, diese Frau ist ein richtiges Kreuz. Wenn Sie so gut sein und hier fünfzehn Minuten aufpassen wollten, werde ich gleich hingehen.«
Lou achtete nicht weiter auf das, was Miss Patton daherredete. Sie beobachtete die Badegesellschaft, die nach und nach wieder ihren Weg ins Clubhaus fand und der Bar zustrebte, und bemühte sich, Brocken der Unterhaltung aufzuschnap-

pen, die vielleicht etwas bedeuteten. Wenn sie nur nicht zu müde wäre. Es versprach, eine lange Sitzung in der Bar zu werden, und bei all diesem müßigen Geschwätz und Gelächter und Zuschlagen von Wagentüren und Bestellen von Getränken tauchte in ihr immer wieder die Frage auf: Wo war jetzt Richard Mallory?

Als sie zu guter Letzt ihre Hütte erreichte, fühlte sie sich nicht so sehr müde als vielmehr betäubt. Sie hatte alles getan, was sie konnte, und jetzt blieb ihr nichts anderes übrig, als auf das zu warten, was mit tödlicher Sicherheit kommen würde, sobald das Kind zurückgegeben worden war. Bis dahin war sie hilflos.

An Schlaf war nicht zu denken. Lou machte daher Licht und zündete sich eine Zigarette an. Doch sie drückte sie sofort wieder aus und sprang erregt auf, als sie jemanden die Stufen zu ihrer Hütte heraufkommen hörte. Es wurde schüchtern an die Tür geklopft, als ob der Klopfende im stillen hoffte, daß die Hütte leer sein würde.

Es war Mrs. Ames, die, sanft und unglücklich, im Halbdunkel stand, als Lou die Tür öffnete. Sie trat zögernd ein, lächelte ein wenig und räusperte sich mehrere Male, bevor sie zu sprechen begann. »Ich bitte Sie vielmals um Entschuldigung, aber Sie waren doch neulich abends mal oben, nicht wahr, als Mrs. Engstrand . . .? Ich meine, die Tür stand doch offen.«

Lou hörte im Geist wieder Mrs. Engstrands schneidende Stimme: »Sie hat dort oft das Telefon bedient, und wir werden schön in der Patsche sitzen, wenn –«

»Ich möchte Ihnen die Zusicherung geben«, sagte Mrs. Ames nun mit fester Stimme, »daß sie in sicheren Händen sind. Ich bin mir klar darüber, wie wertvoll sie sind, und ich weiß, daß Mrs. Engstrand – recht vergeßlich sein kann. Aber wenn man ihr in ihrem Alter sagen würde, daß sie sich die Perlen, die sie seit ihrer Hochzeit stets getragen hat, jetzt nicht mehr umhängen darf, sondern der Bank aushändigen muß, da sie mit zur Erbmasse gehören, so wäre das meiner Ansicht nach –«

Allmählich dämmerte es Mrs. Ames, daß Lou ihr in völliger Verständnislosigkeit zuhörte, und sie fuhr etwas unsicher fort: »Mr. Heffernan ist einer der Testamentsvollstrecker, aber das war Ihnen natürlich bekannt, nicht wahr? Mrs. Engstrand

war so felsenfest davon überzeugt, daß Sie über den Familienstreit wegen der Perlen Bescheid wüßten, daß sie darauf bestand ... oh, du meine Güte! Was habe ich nur getan?«
Dieselbe Frage hatte Lou vor gar nicht so langer Zeit auch an sich gerichtet. Sie beruhigte Mrs. Ames nun und versicherte ihr, daß sie Mrs. Engstrands Perlen nie bemerkt und diese Unterhaltung bereits vergessen habe. Mrs. Ames flatterte dankbar zur Tür hinaus, steckte ihren grauen Lockenkopf jedoch noch mal herein und sagte zu Lous Überraschung: »Die anderen haben eigentlich ganz recht, sie sollte die Perlen tatsächlich nicht tragen. Sie ist ein wenig –« Hier klopfte sie sich vielsagend an die Stirn und verschwand endgültig.
Die Nacht war von dem rhythmischen Zirpen der Grillen erfüllt, einem harmlosen Naturlaut, der jedoch für Lou stets unlösbar mit Furcht verknüpft sein würde. Draußen auf dem Weg fuhr ein Auto vorbei, blieb stehen, fuhr wieder an und verschwand. Lous Augen brannten vor Müdigkeit, aber auf den Gedanken, sich auszuziehen, kam sie gar nicht. Sie knipste das Licht in ihrem Schlafzimmer aus, legte sich im Dunkeln aufs Bett und beobachtete das schwache Schattenspiel der Blätter auf dem Gitterfenster. Nach einer Weile, die ihr unendlich lang erschien – fast war es ihr, als habe sie geträumt –, starrte sie statt dessen auf einen Lichtschimmer. Das Licht kam aus der Hütte der Damons und brannte sehr unregelmäßig. Es war eher ein Flackern als ein beständiges Leuchten. Lou, die sich auf einen Ellbogen gestützt hatte, vermutete, daß eine Birne locker oder der Schalter nicht in Ordnung war, und zwar im Schlafzimmer der Damons. Merkwürdig, daß sie davon nicht wach wurden ...
Die anfänglich leichte Überraschung verwandelte sich sekundenschnell in namenlose Furcht. Mit der besonderen Klarheit, die solchen Momenten innewohnt und sie später wieder ins Gedächtnis zurückruft, beobachtete Lou alle ihre Handlungen, als sei sie eine andere Person: Sie sah, wie sie das Licht im Wohnzimmer andrehte; sie fühlte, wie die Tür sich unter ihren Händen öffnete; sie hörte das Klappern ihrer Absätze auf den Holzstufen. Der zimtbraun-weiße Kombiwagen der Damons, der gewöhnlich auf der anderen Seite der Hütte stand, war verschwunden.

Hatten sie mit Betsy eine Spazierfahrt unternommen? Es war ja noch nicht so spät, erst kurz nach elf. Doch diese Vorstellung ließ sich schlecht in Einklang bringen mit Rosemary Damons rundäugigem Ernst, wenn sie sich über Schlafzeiten und Flaschegeben ausließ: niemals zu früh, niemals zu spät. Lou ging wieder auf die andere Seite der Hütte und stellte sich unter dem Schlafzimmerfenster auf Zehenspitzen. Der Boden war hier etwas abschüssig, und sie konnte nur knapp über das Fensterbrett lugen.
War die Birne ausgebrannt? Hatte sie sich gänzlich gelockert? Jedenfalls erlosch sie nach einem plötzlichen, nochmaligen Aufflackern völlig, so daß Lou, die nicht damit gerechnet hatte, nur einen ganz flüchtigen Blick von dem leeren, durchwühlten Raum erhaschte. Kurz darauf blickte sie in Lieutenant Coreys feindseliges Gesicht, ohne sich recht bewußt zu sein, was seine Anwesenheit hier bedeutete, und sagte zu ihm: »Ich glaube, sie sind verschwunden.«
Corey streifte sie mit einem eisigen Blick, wollte etwas sagen, bezwang sich aber mit finsterer Miene. Er weiß, wer ich bin, dachte Lou, aber dieser Gedanke tauchte unter in dieser neuen, formlosen Angst. Corey ging schweigend an ihr vorbei und leuchtete mit seiner Taschenlampe in das Fenster. Dann trat er ans Wohnzimmerfenster. Der Wald hinter der Hütte rauschte plötzlich auf, und ein paar Regentropfen fielen in die erwartungsvolle Stille.
»Ennis«, sagte Lieutenant Corey, ohne sich umzudrehen, »gehen Sie ins Büro und lassen Sie sich den Schlüssel geben.«
Der Streifenwagen, der in dem Regen schon zu glänzen begann, brauste davon, und unmittelbar danach fuhr ein anderer vor. In der halberleuchteten Dunkelheit ließen sich die weißen Buchstaben erkennen: »Polizei Byfield.« Lieutenant Corey ging hin und wechselte ein paar Worte mit dem Mann, der heraussprang. Es war ein schneller Austausch von kurzen Fragen und noch kürzeren Antworten. Dann schlug die Tür zu, und der Wagen aus Byfield schoß den Weg hinauf zum Clubhaus.
Sie müssen das Baby schon zurückhaben, dachte Lou erregt, sonst würden sie das nicht riskieren; kein Mensch würde einen Kidnapper absichtlich in Panik versetzen. Irgendwie brachte sie die Frage heraus. Corey drehte sich rasch um und

sagte mit harter, ausdrucksloser Stimme: »Nein, Miss Royce.«
In diesem Augenblick kam Ennis mit dem Schlüssel zurück, den die Hausmädchen für die Hütte der Damons hatten. Sobald die Tür offen war, sagte Corey mit derselben harten Stimme: »Wollen Sie bitte mitkommen, Miss Royce!« Und Lou, erfüllt von einer unaussprechlichen Furcht, die nichts mit der Polizei zu tun hatte, folgte ihm gehorsam ins Haus.
Panik – hatte sie gedacht, und hier deutete alles auf Panik hin. Nicht so sehr im Wohnzimmer, obwohl eine rosa Babydecke in einen Sessel gestopft war und ein Aschenbecher auf dem Teppich lag, aber im Schlafzimmer und in der kleinen Küche. Die Betten waren zerwühlt, die Schubladen halb herausgezogen und ausgeräumt, der Schrank war leer. In einer Ecke lag ein Stapel Gazewindeln auf dem Fußboden.
Der kleine Ausguß in der Küche war mit schmutzigem Geschirr angefüllt. Am Rand stand eine Kinderflasche, die noch etwas Milch enthielt. Das war also die peinlich saubere Rosemary Damon, die so auf der Hut war vor Bazillen, die mit Betsy spielte, die singend die winzigen Nachtkleider und noch winzigeren Hemdchen aufhängte ...
Lou blickte wieder auf das Spülbrett, starrte durch das Fenster über dem Ausguß und lief ins Badezimmer. Dort stand, genau wie bei den Heffernans, ein weißer Windeleimer mit einem Plastikeinsatz, und als sie den Deckel mit dem gläsernen Luftreiniger hochhob, entdeckte sie einen Haufen schmutziger Windeln.
Corey stand am Telefon, als Lou ins Wohnzimmer zurückkehrte, und sie hörte gerade noch, wie er mit energischer Stimme sagte: »... sie werden gesucht zwecks Vernehmung ... ganz recht. Sie haben ein Baby bei sich.«
»Das glaube ich nicht«, unterbrach ihn Lou mit tränenerstickter Stimme, während sie im Geist das jammervolle Schreien von Betsy Damon hörte, die doch noch so klein war.
Corey sprach scharf in den Apparat, während er Lou mit einem kühlen Blick maß. Obwohl ihr die Kehle wie zugeschnürt war, fuhr sie fort: »Sie haben eine Kinderflasche zurückgelassen sowie einen Breiteller und einen kleinen Löffel. Außerdem einen kleinen Mantel und ein Mützchen und sogar die Korbwiege, in der sie das Kind herbrachten. Sie steht

draußen auf dem Rasen im R-regen.«
Nachdem Lou achtundvierzig Stunden unter einem ununterbrochenen Druck gestanden hatte, konnte sie sich einfach nicht mehr beherrschen und brach in Tränen aus. Während Corey sie mit ausdrucksloser Miene betrachtete, redete ihr der erschrockene Sergeant Ennis freundlich zu und geleitete sie zu einem Stuhl.
»Wir wollen uns einmal diese Korbwiege ansehen«, meinte Corey.

Lou beobachtete sie durch das Fenster über dem Ausguß. Sie weinte nicht mehr, aber ihre Wangen und Augenlider waren verklebt von den Tränen, die sie nicht fortgewischt hatte. Sergeant Ennis hatte den Streifenwagen geschickt bis dicht an den winzigen Rasenzipfel hinter der Hütte gebracht, der sich nun in dem grellen Licht der Scheinwerfer scharf umrissen vom dunklen Hintergrund des Waldes abhob. Lou sah, daß keiner der beiden Männer die Korbwiege anrührte. Beide hatten die Köpfe gebeugt und starrten wie gebannt auf das Stückchen Rasen neben der Wiege; sehr langsam bewegten sie die Köpfe, als versuchten sie, der Spur eines kleinen Lebewesens zu folgen.
Sie schienen nicht zu finden, was sie suchten. Ennis nahm eine Taschenlampe und leuchtete mit ihrem starken goldenen Strahl den Boden bis zum Waldrand ab. Lou ahnte dumpf, wonach sie Ausschau hielten, wehrte sich aber mit aller Macht gegen diese Vorstellung. Plötzlich richtete sich Corey ungeduldig auf und stieß mit der Hüfte an die Korbwiege. Die rutschte langsam und träge etwa einen halben Meter über die unebene Grasfläche, während ihr regennasser rosa Plastikbehang leicht hin und her schwang.
Abermals beugte Corey sich über den Rasen, und sein erneutes Interesse war sogar aus zehn Meter Entfernung durch regenbespritzte Fensterscheiben sichtbar. Er hockte sich nieder und tastete den Boden mit den Händen ab. Dann rief er mit scharfer Stimme nach Ennis.
Nein. Nein . . .
Ennis kam eilig aus dem Wald, blieb eine Sekunde neben Corey stehen und rannte im Laufschritt zur Hütte zurück.

Irgendwo – vielleicht unter der Veranda? – vernahm Lou gedämpfte Geräusche. Dann erschien Ennis wieder auf dem Rasen, nickte dem Lieutenant zu und stieg in den Streifenwagen. Wie ein Blitz fuhr er zum Clubhaus und war in unglaublich kurzer Zeit wieder da. Von neuem ergoß sich das Scheinwerferlicht über den Rasen.
Ennis ging nicht unmittelbar wieder zu Lieutenant Corey. Lou lauschte verständnislos seinen geräuschvollen Schritten, wie er um die Hütte herum und dann die Stufen heraufkam. Als sie ihm die Tür öffnete, noch ehe er geklopft hatte, sah sie, daß er eine Schaufel in der Hand trug, die er sorgfältig gegen den Türrahmen lehnte. Ein wenig verlegen sagte er: »Wenn es Ihnen recht ist, Miss, möchte der Lieutenant gern, daß Sie für ein paar Minuten herauskämen.« Gleichzeitig begann er, seinen Uniformrock aufzuknöpfen. Doch Lou, die im Augenblick keiner Gefühle mehr fähig war, lehnte mit ruhigem Kopfschütteln den Rock ab, den Ennis ihr anbot, und trat vor ihm in den Regen hinaus.
Es war offensichtlich ein Grab; der Rasen war herausgeschnitten, hochgehoben und sorgfältig wieder hingelegt worden, und nur ein paar dunkle Erdkrümel verrieten die Tatsache, daß hier überhaupt gegraben worden war. Beide Polizeibeamten hatten die Wiege mit instinktiver Sorgfalt behandelt, und wenn Corey sie nicht angestoßen hätte, so würde ihr Behang das Geheimnis bis zum Morgen gehütet haben.
Aber warum gerade hier? War es, fragte sich Lou, die verzweifelt nach Ablenkung suchte, einfach jene Kühnheit, die Poe in seiner Erzählung vom gestohlenen Brief schildert? Oder war es dieselbe, durch Zeitmangel ausgelöste Panik, die sich in der Hütte zeigte?
Lieutenant Corey grub selbst, wobei er den Spaten mit äußerster Vorsicht und nicht sehr tief in die Erde stieß. Lou, der der Regen über das Gesicht lief, lauschte auf das gleichförmige Sondieren des Spatens und hielt ihren Blick fest auf den Wald gerichtet. Sie war krampfhaft bemüht, alle anderen Bilder auszuschalten: Ingalls' Gesicht – wie lange würde sie das noch mit sich herumtragen? –, auch Dana Mallorys Gesicht und sogar das Gesicht des kleinen schlafenden Richard Mallory. Wenn sie ihren Verstand bewahren wollte, durfte sie nur auf

die verschlungenen Äste, auf die im Regen schwach glänzenden Baumstämme, auf die Silbernadeln des Regens starren. Der Spaten kam zur Ruhe, Sergeant Ennis stieß keuchend hervor: »Oh, mein Gott, Sir!« und wandte sich ab. Lou konnte die heftige Bewegung seiner Schultern spüren. Gegen ihren Willen löste sich ihr Blick vom Wald und wanderte langsam in die Nähe, bis er auf das vergoldete Gras, einen Haufen geduldig ausgeschaufelter Erde, ein von Schatten erfülltes Loch, ein gebeugtes Ärmchen und ein kleines Gesicht fiel. Corey kniete nieder und setzte seine Arbeit mit den Händen fort. Plötzlich zerriß die Stille um Lou.

17

Betsy Damon. Betsy Damon, die nachts monoton schrie, die in ihrem Körbchen strampelte (»Oh, du kleiner Schlingel, du!«), die auch noch den letzten Tropfen Milch aus ihrer Flasche trank, die die stolze Mutter triumphierend in die Höhe hielt. Nicht allzu sichtbar, wenn sie in Rosemarys zarten Armen lag, aber allgegenwärtig durch die zweimal wöchentlich stattfindende Windelablieferung, die winzige, auf der Leine flatternde Wäsche, durch die gesummten Schlaflieder und das Zahnen.
Betsy Damon war nichts weiter gewesen als eine sechzig Zentimeter große rosa Plastikpuppe, und ihre Stimme lag nun verstreut in den zackigen, schwarzen Scherben einer zerbrochenen Grammophonplatte rings um sie herum.

Sobald man festgestellt hatte, daß es sich um eine Puppe handelte, war eine andere Schlußfolgerung unvermeidlich. Die Damons – es erschien jetzt allerdings zweifelhaft, ob das ihr richtiger Name war, auch stand gar nicht fest, daß sie überhaupt verheiratet waren – waren Werkzeuge und nicht Urheber des Plans. Sonst wären sie nicht in eine solche Panik geraten. Wenn sie den Plan allein ausgeheckt, ihn monatelang mit sich herumgetragen und ihn bis in die kleinsten Einzelheiten ausgearbeitet hätten, würden sie das Lösegeld eingestrichen, die Puppe am nächsten Tag, als die Mietzeit für ihre Hütte sowieso ablief, in Tücher gewickelt und in aller Ruhe den Club verlassen haben, um dann bei passender Gelegenheit ganz zu verschwinden.

Der Plan mußte ihnen als verführerisch einfach und verhältnismäßig ungefährlich dargestellt worden sein. Die große Schwierigkeit bei einer Kindesentführung bilden das Versteck und die Sorge für das Kind, und welchen sichereren Schlupfwinkel gab es wohl als eine Hütte, die keine dreihundert Meter vom Heim des Kindes entfernt lag und in der, wie alle wußten, eine überzärtliche junge Mutter mit ihrem Baby wohnte? Da Mrs. Mallory sich gerade von einem Herzanfall erholte, konnte man doppelt sicher sein, daß die Mallorys sich nicht mit der Polizei in Verbindung setzen würden, und falls wider Erwarten etwas schiefgehen sollte, konnte das Baby in wenigen Minuten wieder an Ort und Stelle geschafft werden.

Der Plan verriet eine erstaunliche Kühnheit, die für ihn sprach, aber wie alles andere war auch er dem Zufall unterworfen, und dieser hatte Mrs. Veuchen auftauchen lassen, die sofort zum Schweigen gebracht werden mußte. Vielleicht hatten die Damons einen Mord nicht ins Kalkül gezogen. Auf jeden Fall verloren sie den Kopf, nachdem der Lieutenant Rosemary Damon holen ließ, damit sie Joseph Pavlow identifizierte.

War es Zufall, daß ihnen die Hütte neben Louise Royce zugewiesen wurde? Wohl kaum, da Louise Royce das mit Leichtigkeit im Büro hätte arrangieren können. Es konnte ja möglich sein, daß eine unschuldige Person bei zwei Entführungen zugegen war, genauso wie es möglich war, daß eine Person zweimal von fallenden Meteoriten getroffen wurde, aber Lieutenant Corey war da anderer Ansicht.

Doch im Augenblick konnte er sich nicht um Louise Royce kümmern. Sie war ja hier unter seinen Augen und konnte jederzeit von ihm verhört werden. Es gab aber womöglich noch eine andere Erklärung für die Panik der Damons, eine Erklärung, die ihm das Blut in den Adern erstarren ließ.

Nach der in der Flasche zurückgebliebenen Milch zu urteilen, die noch keinen festen Rand am Glas gebildet hatte, war das Baby der Mallorys noch bis vor ungefähr einer Stunde in der

Hütte der Damons gewesen. Wo aber war es jetzt? Hatte man ihm ein Schlafmittel verabreicht, damit es ruhig blieb, und ihm vielleicht eine zu große Dosis gegeben? War die überstürzte Flucht etwa darauf zurückzuführen?
Corey ängstigte sich gewaltig um das Kind, nicht, weil er Visionen hatte wie Lou, die im Geiste sah, wie der kleine Körper von einer Höhe herabfiel oder das kleine Gesicht unter einem erstickenden Gewicht verschwand, sondern weil nachher gesagt werden würde – man war ja bekanntlich immer klüger, wenn man vom Rathaus kam –, daß er durch sein vorschnelles Erscheinen im Club in einem Streifenwagen den Kidnapper kopfscheu gemacht habe. Ein solcher Fall ereignete sich nicht alle Tage, und er konnte die Karriere eines Mannes fördern oder vernichten. Niemand würde sich daran erinnern, daß er den Mord an Veuchens Witwe aufgeklärt hatte. Wenn das Mallory-Baby in dieser regnerischen Nacht starb, würde dieser Tod als typische Dummheit der Polizei in die Annalen eingehen.
Louise Royce war zwar blaß, aber sie beantwortete seine Fragen sehr ruhig, als habe sie schon damit gerechnet. Zuletzt sagte sie jedoch mit einer so verzweifelten Stimme, daß es ganz aufrichtig klang: »Hören Sie, Lieutenant, *ich* weiß nicht, wo das Baby ist, und Sie wissen es auch nicht. Selbst wenn Sie mich verhaften wollen, wäre es nicht besser, wenn Sie sich auf die Suche machten? Irgend jemand –« ihre Stimme begann zu zittern, »– *irgend jemand* muß es doch tun.«
Corey brachte sie in seinem Wagen zum Clubhaus und ließ sie dort mit der Warnung, sich in Reichweite zu halten. Es gab hier nichts, worauf er eine förmliche Anklage stützen konnte. Außer dem Baby war ja auch noch das Lösegeld zu berücksichtigen. Der Streifenwagen von Byfield hatte auf dem Weg zum Clubhaus gehalten und festgestellt, daß der in ein Handtuch gewickelte Umschlag aus dem Schrank des Badehauses verschwunden war. Das Geld befand sich nicht in Louise Royces Hütte, die sie bereits bis in die letzten Winkel durchsucht hatten.
Corey hatte keinen Hausdurchsuchungsbefehl, aber er hielt den im Clubhaus versammelten Leuten eine schneidende Ansprache. Er erklärte ihnen unverblümt, daß das Baby der

Mallorys entführt sei und man annehme, daß es sich auf dem Clubgelände befinde. Bevor man daher mit der ausgedehnteren, schwierigeren Suche begann, müßten erst mal sämtliche Hütten durchsucht werden. Auf die Fragen, die nach einer betroffenen, ungläubigen Pause auf ihn einstürmten, reagierte er nicht. Louise Royce hatte ihm von der Badegesellschaft berichtet, die sich früher am Abend zusammengefunden hatte. Eine Reihe von Leuten hatte sich also ganz nahe dem Ort, wo das Lösegeld abgeliefert wurde, aufgehalten. Das bedeutete gleichzeitig, daß eine Reihe von Gästehäusern leer standen, als die Damons sich zur Flucht entschlossen. Die Mitglieder der Badegesellschaft hatten nach ihrer Rückkehr offenbar nur ganz kurz in den Hütten verweilt, um sich rasch umzuziehen, bevor man sich in der Clubbar versammelte. Also bestand die Möglichkeit, daß das Baby in eine der Hütten gebracht worden war.
Corey ließ Louise Royce unter dem wachsamen Auge von Sergeant Ennis im Gesellschaftszimmer zurück und holte sich von der völlig bestürzten Miss Patton die Schlüssel. Dann nahm er Max und die beiden Leute aus Byfield mit und ging in den Regen hinaus.

Nun, da alles so gekommen war, wie sie es vorausgesehen hatte, spürte Lou eine geradezu unnatürliche Ruhe. Sobald das Baby gefunden war, würde man sie verhaften. Sie würde dann ihre Version von den Vorgängen immer von neuem wiederholen, und wie fadenscheinig und unglaublich die klingen würde! Leute, die beteuerten, daß sie das Opfer eines Komplotts seien, waren immer irgendwie verdächtig, ebenso wie Leute, die sich immer einbildeten, verfolgt zu werden.
Seltsamerweise schien niemand die Abwesenheit der Damons zu bemerken. Mit Ausnahme von Mrs. Gifford und Ruth Ann waren sonst alle hier, im Gesellschaftszimmer oder im Foyer oder in der Bar, und bei allen war die Reaktion die gleiche; ja, sogar ihre Stimmen waren sich merkwürdig ähnlich.
Nach und nach kamen sie alle ins Gesellschaftszimmer, angezogen von Lou, die offensichtlich besser informiert war: Miss Lovett, deren rötliches Gesicht einen ernsten Ausdruck angenommen hatte; Mr. Appleford mit entsetzter Miene; seine

Frau, unerschütterlich wie immer; Mrs. Seward, die ein Taschentuch vor den Mund gepreßt hielt und um die ihr Mann besorgt den Arm gelegt hatte; Mrs. Engstrand, die von dem Tumult wach geworden war, massig und animiert, in einem grauen Spitzenkleid und behangen mit Holz, Glas, Porzellan und den trotzig getragenen Perlen; Mrs. Severn schien durch den Schock wieder nüchtern geworden zu sein; Mrs. Ames blickte zu Lou hinüber und zwinkerte ihr zu. Doch Lou zwinkerte nicht zurück; sie war im Augenblick von einer grenzenlosen Wut erfüllt, die sogar ihre Hände zittern ließ. Einer von ihnen beobachtete sie, einer von ihnen wußte Bescheid. Einer von ihnen konnte Richard Mallory unverzüglich wieder herzaubern.

Miss Lovett machte sich zur Sprecherin und wandte sich an Lou. »Wann ist das Kind denn entführt worden, Miss Fabian? Wissen Sie darüber Bescheid? Es kann ja jetzt keinen Schaden mehr anrichten.«

Lou schüttelte den Kopf, ohne zu sprechen.

»Sergeant«, beharrte Miss Lovett, deren glänzendes Gesicht Sorge und Anteilnahme verriet. »Wir haben doch gewiß ein Anrecht darauf, das zu erfahren.«

Sergeant Ennis entgegnete stur: »Da müssen Sie schon den Lieutenant selbst fragen, gnädige Frau.«

»Aber Sie haben doch wohl nicht mehr das arme Geschöpf in Verdacht, das Sie hinter Schloß und Riegel gesetzt haben, wie? Aber ich glaube, diese Frage muß ich wohl auch an den Lieutenant richten«, schloß Miss Lovett bissig und wandte sich von ihm ab.

Es kann ja jetzt keinen Schaden mehr anrichten – das waren die Worte, die Miss Lovett gebraucht hatte. Mit einer Stimme, die bis zu Sergeant Ennis drang, fragte Lou: »Warum haben Sie eigentlich Ihren Antrag aus den Akten genommen, Miss Lovett?«

»Meinen Antrag?« wiederholte Miss Lovett erstaunt, indem sie den Kopf auf die Seite legte. »Aus den Akten? Nun, Miss Fabian, warum sollte ich so etwas wohl tun?«

In der Tat, warum? Miss Lovett blickte wirklich ganz verblüfft drein. Aber das besagte nichts. Sie und Mrs. Severn waren an der Hintertür des Büros vorbeigegangen und hätten durch das darin angebrachte Fenster sehen können, daß Lou in den Akten herumstöberte. Doch diese Möglichkeit hätten die anderen natürlich auch gehabt. Ein einziger Blick hätte ihnen verraten, wie eifrig sie mit ihrer Aufgabe beschäftigt war, und ein wissender Blick hätte geahnt, wonach sie suchte. Entweder war Miss Lovett unglaublich waghalsig, oder eine andere Person hatte ihren Antrag entfernt – eine Art Ablenkungsmanöver, ein beabsichtigter und etwas spöttischer Zug, den sich ein Verstand ausgeklügelt hatte, der ganz auf Lous Gedankenwelt eingestellt war.

Der Regen schlug gegen die Fenster des Gesellschaftszimmers und klatschte auf die Terrasse. Bald würde die Polizei mit der Durchsuchung der einzelnen Hütten fertig sein; sie würde das Baby wahrscheinlich nicht gefunden haben, auch das Lösegeld nicht. Die Polizei hatte es hier ja nicht mit einem Profi zu tun, sondern mit einem glänzenden Amateur, der allem Anschein nach improvisierte, wie es die Gelegenheit gerade erforderte.

Für einen kurzen Moment schloß Lou die Augen. Jetzt, wo Fenster und Türen wegen des Regens geschlossen waren und die Menschen sich dicht zusammendrängten, wurden die sich unwillkürlich ansammelnden Gerüchte bedeutend intensiver: Zigarettenqualm und der penetrante, fast widerliche Duft der Nelken; das Haarwasser eines Mannes und verschiedene Parfümsorten, die nicht miteinander harmonierten.

Und noch etwas anderes – ein fremdartiger Geruch.

Petroleum?

Nein, aber etwas ganz Ähnliches. Lou hatte, Gott sei Dank oder leider Gottes, immer einen scharf ausgeprägten Geruchssinn gehabt. Und das, was sie jetzt roch, barg gewissermaßen eine Warnung wie damals der Rauch. War es eigentlich ein eindeutiger Geruch? Oder ein versteckter Geruch, ein Geruch, der von einem anderen überlagert wurde?

Was für ein Geruch es auch sein mochte, er ließ in ihr wieder den einst ausgestandenen Schrecken lebendig werden. Sie fühlte, wie ihr Herz schnell und beklommen hämmerte, weil der Geruch unvermeidlich an Schärfe verlieren und sich nicht mehr definieren lassen würde; und der Augenblick, in dem sie ihre Hand nach einem Kidnapper hätte ausstrecken können,

wäre dann unwiderbringlich dahin . . .
Der Geruch wurde schon schwächer. Sie sollte also nicht einmal eine Chance haben; denn die Haustür wurde hastig im prasselnden Regen geöffnet und dann wieder zugemacht, als jemand eintrat. Lou, die ihre Augen immer noch krampfhaft geschlossen hielt, spürte trotz ihrer eigenen Konzentration die wachsende Unruhe am anderen Ende des Raums, hörte die plötzlich leiser werdenden, aber erregten Stimmen, das merkwürdige Schweigen, das darauf folgte.
Es war nicht Lieutenant Corey. Es war Ingalls, der schnurstracks durch den langen Raum auf Lou zuschritt, ohne auf die Blicke zu achten, die ihn verfolgten. Er besaß immer noch eine eiserne Selbstbeherrschung, die jedoch gefährlich nahe vor dem Zusammenbruch stand, und seine Augen glitzerten wie Eis. Er sagte, als ob er eine Unterhaltung fortsetzte, die eben unterbrochen worden war: »Das Telegramm für mich –«
Seine Stimme stockte. Lou, die nicht richtig hinhörte und standhaft bemüht war, seine Stimme auszuschalten und sich auf das geheimnisvolle Etwas zu konzentrieren, das sie beinahe erfaßt hatte, folgte mechanisch seinem kalten Blick, den er auf Sergeant Ennis heftete, der ein paar Schritte entfernt unbeweglich an einem der hohen Fenster stand.
»Steht Miss Fabian unter Arrest, Sergeant?« fragte Ingalls.
»Nein, Sir. Noch –«
Ingalls fixierte ihn mit einem mißbilligenden Blick. Ennis errötete, behauptete aber seinen Platz; denn er hatte den Befehl erhalten, Louise Royce nicht aus den Augen zu lassen. Mit einem ärgerlichen Laut zog Ingalls ohne viel Umstände Lou einfach aus dem Sessel und führte sie, ohne auf ihr Widerstreben zu achten, in eine abgelegene Ecke.
Er müsse gleich wieder zurück, sagte er rasch mit leiser Stimme, aber erst wolle er ihr erklären . . . Lou war es völlig gleichgültig, was er ihr erklären wollte; alle ihre Sinne kribbelten vor Anstrengung. Erst viel später kam ihr zu Bewußtsein, daß er gesagt hatte, das Telegramm sei eine Antwort auf ein anderes gewesen, das er an ein Hotel in Chicago gesandt habe. Am Abend, als das Baby entführt wurde, habe er John Mallory zu erreichen versucht. Doch Mallory sei nicht im Hotel gewe-

sen. Er sei, wie er ihm selbst erzählt habe, einer Frau begegnet, die er vor Dana gekannt habe, und sie hätten den Abend gemeinsam verbracht. Sein Hotel habe kein Zimmer für ihn reserviert, aber in dem Hotel, in dem die Dame wohnte, sei noch ein Zimmer frei gewesen, und da habe er eben die Nacht dort verbracht.

». . . ihre eigene Angelegenheit, geht mich nichts an«, fuhr Ingalls fort. »John wollte nicht, daß Dana von der Geschichte erfuhr, und deshalb ist er zum nächsten Telefon geeilt –«

Fleckenwasser, dachte Lou, die sich blindlings an ihre eigenen Gedankengänge klammerte, und darunter, scharf und unverkennbar, wenn man damit vertraut war . . . Warum hatte es sonst niemand bemerkt? Wahrscheinlich, weil die Männer sich gewöhnlich sofort nach dem Schwimmen Haarwasser auf den Kopf schütteten und die Frauen sich frisch parfümierten; und wenn jemand diesen merkwürdigen Geruch nicht kannte, würde er nur das Fleckenwasser riechen.

Lou schlotterten die Knie, als sie durch das Gesellschaftszimmer ging, ohne Ingalls oder Sergeant Ennis eines Blickes zu würdigen. Wenn sie sich nun geirrt hätte, was dann? Aber das war einfach nicht möglich. Plötzlich erschien ihr das Ganze wie ein Bild, das man für Kinder zeichnete, mit Bäumen, Wolken und Grasbüscheln, die aber – wenn man sie als Eingeweihter betrachtete – Katzen, Hunde und Eulen darstellten.

Und hier war der Tiger. Leutselig, geschmeidig und so gesellig wie in den grausamsten Märchen. Er blickte sie nicht an und war tatsächlich der einzige, der das nicht tat, obwohl – oder vielleicht gerade weil – die Luft selbst mit Warnungen geladen sein mußte.

»Nicht Wolle«, sagte Lou mit klarer, sichtlich erstaunter Stimme, »sondern *Vlies.* Das Goldene Vlies, so sagte Mr. Heffernan einmal zu Ihnen, nicht wahr? Es hatte etwas mit Steuererklärungen zu tun, wenn ich mich recht erinnere?«

Der strahlende Blick verlor seinen Glanz, als er auf ihr Gesicht fiel. »Mr. Heffernan? Ich glaube nicht, daß ich den Herrn kenne –«

»Ich glaube doch«, unterbrach Lou, die nicht mehr länger zuhören konnte, weil das Foyer um sie herum plötzlich in einem goldenen Licht erzitterte. *»Das Baby hat auf Ihren Rock gespien, Mr. Appleford.«*

Aus dem Tohuwabohu, das nun folgte, konnte Lou sich später nur einzelne Ereignisse ins Gedächtnis zurückrufen.
Irgendwann versetzte Ingalls, der wegen seiner besonnenen Miene von niemandem daran gehindert wurde, Jason Appleford einen technisch nicht gerade einwandfreien, dafür aber um so härteren Kinnhaken, und Miss Patton schrie laut auf. Dann wurden die Glastüren aufgestoßen, und Corey trat mit Max und den Männern aus Byfield ins Haus. Man bat Appleford höflich um seine hellgraue Sportjacke, die unter den Polizeibeamten von Hand zu Hand wanderte. Ennis, Vater von fünf Kindern, schnupperte suchend mit seiner großen Nase, kratzte mit seinem Daumennagel sehr sanft über das Haar der Wolle und flüsterte mit Corey.
Nach der hastigen Bearbeitung mit dem Fleckenwasser würde nicht mehr viel vorhanden sein. Doch Lou wußte aus ihrer bei den Heffernans gewonnenen Erfahrung, daß ein einziger Tropfen erbrochener Milch schlechter zu entfernen war als alles andere. Die chemische Analyse würde das zweifellos bestätigen – und Appleford, dessen kühner Plan dieses simpelste aller Vorkommnisse nicht mit einbezogen hatte, würde das auch wissen.
Lou hatte gar kein Verlangen, ihn anzusehen; doch als er plötzlich mit den Fingern knipste, blickte sie zu ihm hin. Obwohl die Glastüren noch weit offenstanden und ein kühler Luftzug durch das Foyer wehte, glänzte Applefords Gesicht vor Schweiß. Er kniff die Augen zu und gab sich den Anschein, als denke er scharf nach. Dann sagte er: »Ich überlege gerade, wie das wohl gekommen sein mag – aber natürlich! Die junge Frau mit dem Kind, die wir heute nachmittag im Wagen ein Stück mitgenommen haben – du erinnerst dich doch, Miriam . . .«
Und Miriam Appleford, die noch weiter von ihm abrückte, als wolle sie vermeiden, daß ihr blütenweißes Leinenkleid durch den Kontakt mit ihm besudelt würde, lieferte in einem kurzen Augenblick den Beweis, den die Polizei erst nach Stunden oder gar Tagen hätte erbringen können. Über den trennenden

Zwischenraum hinweg blickte sie ihren Mann an und sagte mit ihrer kühnen, gleichförmigen Stimme: »Laß mich bitte aus dem Spiel und erwarte nicht, daß ich für dich lüge.«
Kaum hatte sie die Worte ausgesprochen, da begann der Tumult, nicht drinnen, sondern draußen. Ein Kriminalreporter, der auf seinem üblichen Spätrundgang in Coreys Büro vorgesprochen hatte, war ihm anscheinend hierhergefolgt und hatte irgendwo einen Fotografen aufgetrieben. Nach einem einzigen Blick durch die geöffnete Tür bewegte sich Lieutenant Corey sehr schnell, aber nicht schnell genug. Die lilaweiße Explosion des Blitzlichts enthüllte einen fetten, triumphierenden Clubpagen mit einem kleinen, leblosen Bündel im Arm; geschickte Arbeit mit der Schere ließ später auf dem Bild von Corey nur noch eine hilflos ausgestreckte Hand zurück.

Richard Mallory war nicht tot, obwohl er auf den ersten Blick nicht zu atmen schien. Er trug immer noch den blauen baumwollenen Strampelsack, in dem er aus dem Bettchen gehoben worden war. Man hatte ihn in einem der mit Segeltuch überspannten Spielställchen unter der eingefriedeten Ulme gefunden. Niemand war auf die Idee gekommen, dort nachzusehen, nur der unternehmungslustige Clubpage. Da das Segeltuch nur halb über die Seiten des Ställchens herabfiel, hatte der Page im Schein einer nahen Lampe einen durchweichten Teddybären und einige hölzerne Bauklötze am Boden des Ställchens liegen sehen. In der anderen Ecke entdeckte er Richard Mallory, der so still und ruhig dalag wie der vom Segeltuch geworfene Schatten. Man hatte ihm nämlich – wie der Arzt feststellte, ehe er ihn in Begleitung von Miss Rockett ins Krankenhaus schaffen ließ – eine große Dosis eines Beruhigungsmittels, wahrscheinlich Opiumtinktur, verabreicht: in der letzten Flasche, die die Damons ihm gegeben hatten und die er bei dem vielen Hinundhertragen an diesem Abend gleichsam in kindlicher Rache über Applefords Schulter erbrochen hatte.
Dana Mallory war ebenfalls ins Krankenhaus gebracht worden; einmal als Vorsichtsmaßnahme, und dann wollte man ihr auch Gelegenheit geben, bei ihrem Sohn zu sein.

Es war nach halb zwei, als Lou endlich zu Bett ging. Ingalls hatte versprochen, bei ihr anzurufen und ihr über das Befinden des Kindes zu berichten, und dieses Versprechen löste er auch ein. Ihr Telefon läutete gegen zwei Uhr, als die Ärzte ihre Untersuchung beendet hatten. Aber zum erstenmal seit zweiundsiebzig Stunden war Lou nicht mehr auf dem Posten, und beim Läuten des Telefons drehte sie sich auf die andere Seite und schlief weiter. Am anderen Ende der Leitung lächelte Ingalls vor sich hin und legte sehr leise den Hörer auf, um sie nur ja nicht zu wecken. Dann verließ er das Krankenhaus und ging ebenfalls zu Bett.

Die Polizei hatte damit gerechnet, daß Appleford keine Zeit gehabt haben würde, das Lösegeld in ein schwer auffindbares Versteck zu bringen, und sie behielt recht. Am nächsten Morgen um neun Uhr entdeckte man die Scheine in einem Schaumgummikissen, das die Applefords mitgebracht hatten; aus diesem Kissen hatte man einen Teil des Schaumgummis herausgeschnitten, das Geld in der Lücke verstaut und ihn dann wieder hineingestopft. Den Kombiwagen der Damons fand man auf dem Parkplatz einer Fabrik in Bridgeport, und die Beschreibung des Mannes und der Frau, die als Eltern einer Puppe fungiert hatten, wurde überall publiziert.

Das alles erfuhr Lou von den Reportern, die in Scharen angeschwärmt kamen. Da Appleford standhaft schwieg, hatten sie sich an die Arbeit gemacht und bereits ein kleines Bindeglied zum Fall Heffernan entdeckt: Peter Veuchen war im Zuge seiner zahlreichen Gelegenheitsarbeiten auch einmal als Fahrstuhlführer in dem Gebäude beschäftigt gwesen, in dem sich Applefords Büro befand. Man hatte den Heffernans nach Barbados telegrafiert, und sie würden zweifellos bald zurückkehren.

Unter der sonnigen Oberfläche war Applefords finanzielle Lage verheerend. In diesem Stadium der Nachforschungen war man allerdings noch auf Mutmaßungen angewiesen. Aber schon sein Beruf als Steuerberater gab Anlaß zu allerlei Vermutungen. Klienten, die ein Einkommen unversteuert genießen wollten, konnten zum Beispiel geschröpft werden, und auch sonst waren die Einblicke eines Steuerberaters in Vermö-

gensverhältnisse gewiß nutzbringend zu verwenden. Außerdem hatte Appleford mit seiner kühlen und kostspieligen Frau offenbar auf viel zu großem Fuße gelebt. Eine gewisse Ironie lag in der Tatsache, daß Heffernan, dem offensichtlich Gerüchte über dies und jenes zu Ohren gekommen waren, nichts weiter unternommen, sondern nur seinen gesellschaftlichen Verkehr mit Appleford abgebrochen und ihn seinen Freunden vom Hals geschafft hatte. Dadurch hatte nicht nur Jason Applefords legales Geschäft Einbuße erlitten, sondern auch das viel wichtigere Geschäft, Geld von Leuten einzukassieren, die nicht wagen durften, sich zu beschweren. Hatte bei der Heffernanschen Kindesentführung außer dem Geldmotiv vielleicht auch persönliche Rache eine Rolle gespielt? Auf jeden Fall war er mit heiler Haut davongekommen, und ein Jahr später hatte Dana Mallory – reich, krank, indirekt dazu überredet, sich der Sekretärin Louise Royce anzunehmen – eine unwiderstehliche Gelegenheit geboten.
Appleford mußte die Existenz von Veuchens Witwe schon fast vergessen haben, als er sie plötzlich auf dem Bahnsteig sah. Er wurde gerade von Max mit dem Kombiwagen vom Bahnhof abgeholt, und als er entdeckte, daß sie ihm in einem Taxi folgte, erriet er ihre Absicht. Doch das Element der Überraschung war verpufft, und der Vorteil lag auf seiner Seite. War er absichtlich hinter Lous Hütte geschlüpft, um Mrs. Veuchen dorthin zu locken? Jedenfalls hatte der Golfprofi die Frau dort gesehen und würde diese Tatsache erwähnen. Rosemary Damon, instinktiv von Furcht ergriffen beim Auftauchen einer Fremden in der Nähe ihrer Hütte, hatte sich, so gut es ging, aus der Affäre gezogen, indem sie die Bemerkung fallenließ, daß die Frau aus Lous Hütte gekommen sei.
Gelegenheit für den Mord an Mrs. Veuchen hatte für diese Leute immer bestanden; aber nun, wo man eine Beziehung und ein starkes Motiv entdeckt hatte, würde das Verfahren gegen Appleford eingeleitet werden. Sehr viel hing von Mrs. Applefords Aussage ab. Wieweit und ob sie überhaupt mitschuldig war, wußte man nicht – es war sogar möglich, daß sie sich nie gefragt hatte, woher die Annehmlichkeiten ihres Lebens kamen oder wie ihr Mann das dafür nötige Geld beschaffte, dieser Mann, den sie nur duldete, eben weil er

dieses Geld heranschaffte.
Wenn die Polizei nun anstelle von Lou den Revolver in ihrer Hütte gefunden und Richard Mallory nicht die Milch wieder ausgespuckt hätte; wenn die Damons sich nicht die Geschichte mit Pavlow ausgedacht und auf diese Weise das zweite Verhör, das ihre Flucht beschleunigte, veranlaßt hätten –
Bei Lou hatte die Reaktion auf die überstandenen Strapazen eingesetzt – und wieder einmal zeigte es sich, wie undankbar die Menschen doch sind. Vor einer Woche, ja sogar vor drei Tagen noch hatte sie sich gesagt: Wenn nur erst der eigentliche Mörder entdeckt ist und dadurch das Damoklesschwert des Verdachts, das über meinem Haupte schwebt, entfernt wird, damit das Gespenst der kleinen Amy Heffernan allmählich verblaßt, dann werde ich der glücklichste Mensch auf Erden sein. Nun war das eingetroffen, und doch empfand sie nichts weiter als eine abgrundtiefe Niedergeschlagenheit. Die letzten drei Tage waren nicht durchgängig ein Alpdruck gewesen, und die plötzliche, völlige Erleichterung bedeutete nicht uneingeschränkte Seligkeit. Es war, als klettere man aus einem Düsenjäger und steige in den Bus an der nächsten Straßenecke.
Es mochte vielleicht halb elf sein, als die Glastüren sich öffneten und zwei Personen in das jetzt verlassene Foyer traten: Ingalls und ein kleiner, ängstlich aussehender Mann in einem zerknitterten braunen Anzug.
Es stellte sich heraus, daß der kleine Mann Mr. Gifford war – diese Donner-und-Blitz-Figur, mit der Mrs. Gifford stets drohte, wenn sie mit irgend etwas unzufrieden war. Kein Wunder, daß sie ihn so strikt im Hintergrund hielt, dachte Lou verblüfft; nur als Geheimwaffe konnte er Schrecken einflößen. In der Welt der Ventile mochte er ja vielleicht eine Respektsperson sein; aber in diesem Augenblick wirkte er ungefähr so furchterregend wie ein Reh. Er wandte sich vertrauensvoll an Lou: »Ich möchte – hm – einen Protest anmelden.«
»Ja, bitte?« sagte Lou in aufmunterndem Ton. Ihre Lebensgeister waren wieder erwacht. Das Dasein in einer Welt, die soviel Sinn für Ironie besaß, war letzten Endes doch ganz erträglich – und Ingalls lehnte sich, nachdem sein Blick lange auf ihr geruht hatte, lässig an die Rezeption und studierte Mr.

Gifford mit einem so tiefen Ernst, daß Lou sich hastig abwandte.
Mr. Gifford räusperte sich verlegen. »Den allerstärksten Protest. Irgend jemand« – seine Stimme verriet nun echte Empörung – »ist Mrs. Gifford gegenüber grob geworden. Eine Miss Fabian, glaube ich.«
Ingalls richtete sich auf und warf Lou einen erstaunlichen Blick zu. »Ist Miss Fabian immer noch hier?«
»Nein, sie ist gestern abend abgereist«, erwiderte Lou auf der gleichen unbekümmerten und privaten Wellenlänge.
»Hatte wahrscheinlich nicht den Mut, Mrs. Gifford unter die Augen zu treten«, erklärte Ingalls mit einer gewissen Strenge. Seine Hand lag jetzt auf ihrer Hand, wodurch Mr. Giffords Verlegenheit noch größer wurde. »Dies ist nämlich Miss Royce.«
Mr. Gifford war nun vollständig verwirrt. Er äußerte in unsicherem Ton: »Ach so? Nun dann, guten Tag, Miss Royce«, und trat erleichtert den Rückzug an.
Lou zitterte vor Lachen und – vor Ingalls' ruhigem, fragendem Blick, mit dem er ihr in die Augen sah. Sie waren vorübergehend allein im Foyer. Aber selbst wenn jemand vorbeigekommen wäre, so hätte er nichts Ungewöhnliches aus Ingalls' Worten heraushören können. Für Lou bedeuteten sie jedoch die Befreiung von allen Ängsten und Spannungen, eine bewußte Rückkehr zu dem Augenblick, als er sie zum erstenmal über die Rezeption hinweg angeschaut hatte.
Er sagte mit ernster Miene: »Nun, wo waren wir doch stehengeblieben? . . . Haben Sie etwas für Ingalls?«